浪花朵朵

中国神话故事

青少版

袁珂 著

北京联合出版公司
Beijing United Publishing Co.,Ltd.

献给少年读者

中国是一个历史悠久，有着灿烂辉煌的古代文化的国家，而丰富的神话传说，便是这悠久历史和古老文化的最好标志。少年读者如果想要了解我国古代的历史文化，不妨先从神话传说这个角度去做一些涉猎和窥探，那将是饶有兴趣的：虽然不会使你了解到它的全貌，至少可以使你了解到它的一个侧面——一个可以显示精神实质的比较重要的侧面。

因而谨将这两本小书呈献给亲爱的少年读者：一本《中国神话故事》、一本《中国传说故事》。两本书实际上只是一本书，就是《中国神话传说故事》，不过为了阅读的方便，大体上把它们做这样的区分罢了。

中国神话传说，虽然蕴藏极为丰富，但也非常零散。它的原始材料散布在经、史、子、集，类书乃至书注里，搜集整理它有相当的困难。过去我在这方面做过一些工作，但还不够十分理想，尤其是整理工作，还有参前错后的景象。这回是把所有的故事都放在历史的肩架上了，所以看来要顺畅和醒目些，比先前稍微有点进步。而这是从接受一个喜爱文学的气象学者的宝贵意见得来的，他是我最小的弟弟。

这里不打算对神话和传说下什么定义，下定义是比较困难的，往往也并不准确。神话和传说，它们之间自然是有一些区别，但在用零散材料组成一个故事的时候，就很难于把神话和传说截然加以划分：往往是神话当中有传说，传说当中也有神话。既然把故事放在历史的肩架上，就姑且把夏代以前的算是神话，那时是人类的原始社会时期，反映这一阶段人类生活的幻想故事，理应属于神话的范围；把夏代以后到秦末汉初的算作是传说，因为已经进入阶级社会了，反映这一历史阶段人们生活的带幻想性的故事，只好归于传说的范围。

总之，这只是大体的划分，并非绝对。它们虽然被安排在历史的肩架上，本身却不是历史，只能算是历史的影子，或者说，是历史的一个侧面。神话故事和历史距离较远，它本身自成系统，看起来自然更连贯些。传说故事依附历史比较紧密，有的历史时期有传说故事，有的历史时期则没有，既不能拿历史去代替传说，又把思想性差一点的都删除了，所以看起来并不那么连贯。虽是这样，却也在每段故事之间，用几句历史性质的“开场白”将它们连贯起来，使读者有个时代先后的整体印象。自然，这不是正体，它只是编写故事者经营的苦心。

这本《中国神话故事》和这本《中国传说故事》，把从盘古开天辟地到秦始皇统一六国，上下三千年（实际上当然远不止三千年）、纵横九万里（神话传说的地域视野）的我国古代历史文化的时间和空间，通过幻想三棱镜的折射，大致反映出来了。它将使你们的眼界开阔、心胸广大，知道往古我们祖先经过的行程：有多少对大自然所进行的艰巨斗争，有多少部族与部族、国家与国家、统治者与被统治者之间的斗争，还有多少家庭矛盾、人与人之间的矛盾，人们的爱和恨、痛苦和希望，民情，风习，科学的创造发明，等等。将来如果你们进一步学习我国古代历史，这两本小书或许会为你们增加一些感性认识；在建设社会主义祖国的今天，或许可以增加一些你们的自豪感和奋斗努力的信心。

袁 珂

一九八三年二月五日

目录

一　盘古开天辟地

很多很多年以前，当天和地还没有分开的时候，宇宙的景象，只是黑暗混沌的一团，好像一个大鸡蛋。

人类的老祖宗盘古，这个其大无比的巨人，就孕育在这黑暗混沌的大鸡蛋里。他在大鸡蛋里孕育着，成长着，呼呼地睡着觉，一直经过了一万八千年。

有一天，他忽然醒了过来。睁开眼睛一看，啊呀！什么也看不见，看见的只是漆黑模糊的一片，闷得人怪心慌。

他觉得这种状况非常可恼。心里一生气，不知道从哪里抓过来一把大板斧，朝着眼前的黑暗混沌，狠狠用力一挥，只听得山崩地裂的一声——大鸡蛋忽然破裂开来。其中有些轻而清的东西，冉冉上升，变成了天；另外有些重而浊的东西，沉沉下降，变成了地。

天和地当中还有些地方粘连不断，盘古又去找了一把凿子，左手执凿，右手拿斧，或用板斧砍，或拿凿子凿。盘古就这么威风凛凛、气势磅礴地在那里一斧一凿辛勤地工作着，不久就把天和地完全划分开来。

天和地分开以后，盘古怕它们还要合拢，就头顶天，脚踏地，站在天地的当中，随着它们的变化而变化。

天每天升高一丈，地每天加厚一丈，盘古的身子也每天增长一丈。这样又过了一万八千年，天升得极高了，地变得极厚了，盘古的身子也长得极长了。

盘古的身子究竟有多长呢？有人推算，说是有九万里那么长。这巍峨的巨人，像一根长柱子似的，直挺挺地撑在天和地的当中，不让它们有重归于黑暗混沌的机会。

他孤独地站在那里，天天做着这种辛苦的工作。不知道又经过了多少年代，天和地的构造似乎已经相当巩固，他不必再担心它们会合在一起了，他实在也需要休息休息了，终于，他也和我们人类一样，倒下来死去了。

他临死的时候，周身突然发生了大的变化：他口里呼出的气变成了风和云，他的声音变成了轰隆的雷霆，他的左眼变成了太阳，右眼变成了月亮，他的手足和身躯变成了大地的四极和五方的名山，他的血液变成了江河，他的筋脉变成了道路，他的肌肉变成了田土，他的头发和胡须变成了天上的星星，他的皮肤和汗毛变成了花草树木，他的牙齿、骨头、骨髓等，也都变成了闪光的金属、坚硬的石头、圆亮的珍珠和温润的玉石，就是那最没用处的身上出的汗，也变成了雨露和甘霖。总之，人类的老祖宗盘古，用了他整个的身体来使这新诞生的世界丰富而美丽。

二　女娲创造人类

天地开辟以后，天上有了太阳、月亮和星星，地上有了山川草木，甚至有了鸟兽虫鱼了，可是单单没有人类；这世间，无论怎样说吧，总不免显得有些荒凉寂寞。

不知道在什么时候，出现了一个神通广大的女神，叫作女娲（wā）。据说，她一天当中能够变化七十次。有一天，大神女娲行走在这片莽莽榛榛（zhēn）的原野上，看看周围的景象，感到非常孤独。她觉得在这天地之间，应该添一点什么东西进去，让它生气蓬勃起来才好。

添一点什么东西进去呢？

走呀走的，她走得有些疲倦了，偶然在一个池子旁边蹲下来。澄澈的池水照见了她的面容和身影：她笑，池水里的影子也向着她笑；她假装生气，池水里的影子也向着她生气。她忽然灵机一动：世间各种各样的生物都有了，单单没有像自己一样的生物，那为什么不创造一种像自己的生物来加入到世间呢？

想着，她就顺手从池边掘起一团黄泥，掺合了水，在手里揉团着，揉团着，揉团成了第一个娃娃样的小东西。

她把这个小东西放到地面上。说也奇怪，这个泥捏的小家伙，刚一接触到地面，马上就活了起来，并且一开口就喊：

“妈妈！”

接着便是一阵兴高采烈的跳跃和欢呼，表示他获得生命的欢乐。

女娲看着她亲手创造的这个聪明美丽的生物，又听见“妈妈”的喊声，不由得满心欢喜，眉开眼笑。

她给她心爱的孩子取了一个名字，叫作：“人”。

人的身体虽然小，但据说因为是神创造的，相貌和举动也有些像神，和飞的鸟、爬的兽都不相同。看起来似乎便有一种管理宇宙的非凡的气概。

女娲对于她这优美的作品，感到很满意。于是，她又继续动手做她的工作，她用黄泥做了许多能说会走的可爱的小人儿。这些小人儿在她的周围跳跃欢呼，使她精神上有说不出的高兴和安慰。从此，她再也不感觉到孤独、寂寞了。

女娲工作着，工作着，一直工作到晚霞布满天空，星星和月亮射出幽光。夜深了，她只把头枕在山崖上，略睡一睡，第二天，天刚微明，她又赶紧起来继续工作。

她一心想让这些灵敏的小生物布满大地。但是，大地毕竟太大了，她工作了许多年，还是没有达到她的志愿，而她本人已经疲倦不堪了。

最后，她想出了一个绝妙的创造人类的方法。她从崖壁上拉下一条枯藤，伸入一个泥潭里，搅混了浑黄的泥浆，向地面上这么一挥洒，泥点溅落的地方，就出现了许多小小的叫着跳着的人儿，和先前用黄泥捏成的小人儿一般无二。“妈妈、妈妈”的喊声，在周围震响。

用这种方法来进行工作，果然简单省事。藤条一挥，就有好些活的人类出现，大地上不久就布满了人类的踪迹。

大地上虽然有了人类，女娲的工作却还没有终止。她又考虑着：人是要死亡的，死亡了一批再创造一批吗？未免太麻烦了。怎样能使他们继续生存下去呢？这却是一个难题。

后来她终于想出了一个办法：就是把那些小人儿分为男女，让男人和女人配合起来，叫他们自己去创造后代，担负起养育婴儿的责任，这样，人类就世世代代绵延下来，并且一天比一天加多了。

三　女娲补天

女娲（wā）创造了人类之后，许多年来平静无事，人类一直过着快乐幸福的日子。

不料有一年，不知道为了什么缘故，也许是神国出了大乱子，要不，就是新开辟的天地还构造得不牢实，宇宙忽然发生了一场大变动。

看呀，半边天空坍塌下来，天上露出些丑陋的大窟窿，地面上也破裂成了纵一道横一道的黑黝黝的深坑。在这大变动中，山林燃起了熊熊大火，洪水从地底喷涌出来，波浪滔天，使大地成了海洋。

人类已经无法生存下去，同时又遭受到从山林的大火里逃窜出来的各种恶禽猛兽的残害——这日子是多么难过啊！

女娲看见她的孩子们受到这么可怕的大灾难，痛心极了。她没工夫去追究祸乱的成因，赶忙亲自动手，辛辛苦苦地来修补天地的残破。

这件工作真是巨大而又艰难呀！可是女娲为了她心爱的孩子们的幸福，一点也不怕艰难和辛苦，勇敢地独自担负起了这个重担。

她先在大江大河里拣选了许多五色石子，架起一把火，把这些石子熔炼成胶糊状的液体，再拿这些胶糊状的液体，把苍天上一个个丑陋的窟窿都填补好。仔细看虽然还有点不一样，远看去也就和原来的光景差不多了。

她怕补好的天空再坍塌，便杀了一只大乌龟，斩下它的四只脚，用来竖立在大地的四方，当作天柱，把人类头顶上的天空，像帐篷似的撑起来。柱子很结实，天空再也没有坍塌的危险了。

那时，中原一带，有一条凶恶的黑龙在鼓动洪水，兴波作浪，为害人民。女娲便去杀了这条黑龙，同时又赶走各种恶禽猛兽，使人类不再受禽兽的残害。

剩下来还有洪水的祸患没有平息。女娲便把河边的苇草烧成灰，把草灰堆积起来，堙塞（yīn sè）住了滔天的洪水。

不知道由于什么原因使宇宙发生的这场大灾祸，

总算被女娲一手平息了，她的孩子们终于死里逃生，得到了拯救。

这时候，大地上又有了欣欣向荣的气象，春、夏、秋、冬四个季节，依着顺序去而复来，该热就热，该冷就冷，一点也不出乱子。恶禽猛兽死的早已经死了，不死的也渐渐变得性情驯善。原野里长满了天然食物，只要花点力气，就可以吃个饱足。人类快乐地生活着，天真烂漫，无忧无虑。

女娲看见她的孩子们生活得很好，自己心里也很喜欢。据说，她又创造了一种叫作“笙簧（shēng huáng）”的乐器——这乐器是用葫芦做成的，里面插了十三根管子，形状像凤凰的尾巴，能吹出清扬悦耳的乐声。她把它当作礼品，送给她的孩子们。从此，人类的生活就过得更快乐了。

女娲补好天地，为人类做完了她能做的一切工作，也终于休息下来了。这休息，我们叫它做“死”；但女娲的死，却不是灭亡，而是也像盘古一样，转化成了宇宙间许多物事。

在大荒的西方，有一处原野，叫作栗广之野，那里有十个神人，名叫女娲之肠，横断了道路，一字儿并排地站着，做守卫原野的工作——他们都是女娲的一条肠子变化成的。她的一条肠子还能化生为十个神人，我们就可以想见她的全身可能化生为多少令人惊奇的东西了。

四 伏羲女娲兄妹结婚

关于女娲创造人类，又有另一种神话。在那个神话里，女娲原是天神伏羲（xī）的妹妹，后来成了他的妻子。

他俩为什么由嫡（dí）亲兄妹结婚成为夫妇？在汉民族中，除了唐代李冗（rǒng）的《独异志》还略有记述外，大部分已经失传了，只在西南地区苗、瑶等少数民族中还流传着，现在就把这段神话简单地写在下面——

天快要下大雨了，云密风急，雷声隆隆地吼过高空，小孩们都很惊怕，可是一般劳动者却还在外面工作，和平时一样，因为夏天常多雷雨，并不足怪。

那时，有一个男子正在屋子外面工作。他把平时积蓄在溪沟里的干青苔，铺在树皮盖的屋顶上，这样，就是大雨来了，也不怕把屋顶冲坏。

他的一对小儿女，都不过十多岁，正天真烂漫地在屋子外面玩耍，看爸爸工作。男子刚把青苔铺好，带着孩子们进了屋子，大雨突然下下来了，父女三个急忙关上门窗，在温暖的小屋里享受家庭的快乐。

雨越下越大，风越吹越急，轰隆的雷声也越响越猛：好像是天上的雷公发了怒，要将大灾祸降给人们似的。

这时，男子仿佛预知大祸将要临头，便把早就做好的一只铁笼子抬了出来，放在屋檐下面。他打开铁笼，手里拿了一把猎虎的叉子，勇壮地站在那里等候着。

天上的浓云墨黑，霹雳一个接着一个，随着闪电和一声山崩似的巨响，青脸雷公果然手拿板斧，很快地从天上飞落下来，背上的肉翅扑扑地扇动着，眼睛里射出闪闪的凶光。不料刚落到屋顶，却被屋顶上的青苔滑了一跤，一个筋斗从屋檐口跌落到地上。屋檐下的勇士看见雷公跌落下来，急忙用虎叉向他叉去，一叉正中雷公腰间，便把雷公叉进铁笼，连笼子一起扛进屋子去。

“这下你可被我捉住了，看你还能做些什么？”男子笑着向铁笼里的雷公说。

雷公垂头丧气，没话可说。

男子便叫孩子们前来看守雷公。孩子们起初见了奇形怪状的青脸雷公，都很惊怕，稍久一点，也就习惯了，不再害怕。

第二天早晨，男子到市上去买香料，准备把雷公杀了，腌渍起来，做下饭菜。临走时，男子嘱咐他的孩子们说：

“记着，千万不要给他水喝。”

男子走了，雷公在铁笼里假装呻唤，做出种种痛苦的模样，孩子们跑来看他，问他为什么呻唤。

雷公说：“我口渴，请给我一碗水喝。”年龄较大的男孩子向雷公说：“爹爹走时说过，不准给你水喝。”

雷公又恳求：“一碗水不行，请给我一杯水吧，我实在口渴得很啊！”

男孩子还是拒绝了他，说：“不行，爹爹知道了要骂的。”

雷公仍旧固执地哀恳：“那么，请把灶头上刷锅的刷把拿来，洒几滴水给我也好，我快要渴死了啊！”说完，便闭上眼睛，张开嘴巴，在那里等待着。

年纪较小的女孩子，见雷公这般痛苦，自然动了少女的仁慈心肠，心想雷公被爹爹关在笼里，已经一天一夜，想喝点水都得不到，真是可怜！于是向哥哥说：“哥哥，我们试给他几滴水喝吧。”哥哥心想，几滴水，量也没有什么妨害，就同意了。

兄妹俩就到厨房里，拿了刷锅的刷把，蘸了几滴水，洒在雷公口里。雷公得了水，非常欢喜，向孩子们致谢道：“谢谢你们！请你们暂时离开这间房子，我要出来了！”孩子们仓惶跑出门外，只听得震天塌地的霹雳一声巨响，雷公已经冲破铁笼，从屋子里面飞了出来。

雷公忙从嘴里拔下一颗牙齿，交给两个孩子，说：“赶快拿去种在土里，如果遭了灾难，可以藏在所结的果实当中。”说完就随着轰雷，飞上天去。孩子们望着天空，惊诧不已。

不久，买了香料、准备腌吃雷公的爹爹回家，忽见铁笼已破，雷公已逃，大吃一惊。他急忙去找孩子们问清情由，顿时预料到大祸便要临头，也不去责备无知的儿女，赶紧备下材料，不分昼夜，打造一只铁船，准备应付危难。

两个小孩，试着把雷公赠送的牙齿种在土中。说也奇怪，牙齿种下去不久，泥土里就冒出了嫩绿的新芽。这新芽渐渐长大，一天当中，就开了花结了果子。第二天早晨再去一看，那果子已经长得很大，成为一个其大无比的葫芦。兄妹俩回家拿了刀锯，打开葫芦的盖子一看，里面的景象真是吓人：密密排排地长满了无数牙齿。孩子们也不害怕，把牙齿都挖出来丢了。两个人爬进去试试，葫芦的大小恰好容得下两个小孩藏身。他们把葫芦拖到一个僻静的处所，妥善地安放着。

到了第三天，爹爹的铁船刚打造好，天气突然发生了猛烈的变化：四野刮起了狂风，暴雨从空中倾盆似的倒下来，地底下喷涌着洪水，像野马般地四处奔腾，淹没了丘陵，包围了高山，所有的田园庐舍、林木村镇，都化成一片沧海。

“孩子们，”风雨中爹爹喊道，“赶快躲避啊，雷公发洪水报仇来了啊！”

两个孩子连忙躲进葫芦，爹爹也进了他自己打造的铁船，一家三人，随着高涨的洪水，在浪涛之上，东西漂流。

洪水愈涨愈高，已经高到天空。铁船里的勇士，在风雨和狂涛中，沉毅地驾着他的船，一直划到天门。他站在船头用手拍门，“嘭嘭”的声音震响了九重天空。

“快开门，让我进来！让我进来！”他在外面不耐烦地喊道，用拳头把天门捶得更响。

天门里面的天神害怕了，急忙喝令水神：“赶快退水！”

水神遵令行事，顷刻之间，雨止风停，洪水退去，一落千丈，大地上依然现出干燥的土壤。

当洪水退落的时候，勇士随着他的铁船，从高空跌落下来，因为铁船坚硬，碰击在地面上，撞得粉碎。可怜这敢于和雷公作战，并且囚禁过雷公的无名勇士，也和他的铁船的命运一样，跌得粉身碎骨，死去了。

他的两个躲在葫芦里的儿女，却好好地活着。因为葫芦是柔软的，有弹性的，跌到地上，只不过跳了几跳。兄妹俩从葫芦里爬出来，并没有受到任何损伤。

经过这一场滔天的洪水，大地上所有的人都死光了，只留下这两个小孩子，是人类中唯一存活的生命。他两个原本没有名字，因为是从葫芦里存活下来的，所以起名叫“伏羲”。“伏羲”就是“葫芦”的意思；男孩叫伏羲哥，女孩叫伏羲妹，也就是“葫芦哥哥”“葫芦妹妹”的意思。

大地上虽然绝灭了人类，这一对勇敢的少年，却靠了他们的劳动，仍然快乐无忧地生活着。那时天空和地面相距不远，天门常开着，兄妹俩常常手挽着手，沿着天梯攀登到天庭去游玩。

时光荏苒，他们都已长大成人，哥哥便想和妹妹结婚，可是妹妹说："这怎么可以呢，我们是亲兄妹呀！"经不起哥哥再三恳求，妹妹不能推拒，便向哥哥说："你试追我，如果能够追到，就答应和你结婚。"

于是兄妹俩就绕着一棵大树，追赶起来。妹妹机灵敏捷，哥哥追了好久，总是追不到。哥哥心生一计，追着追着，忽然转身而走，这样，气喘吁吁的妹妹，没有防备就迎面投入了哥哥的怀抱。于是，他们结婚做了夫妇。

没有多久，女的生下一个肉球。夫妇俩觉得奇怪，便把这肉球切成细碎的小块，用一张纸包了起来，又带着它攀登天梯，到天庭去游玩。哪知道刚刚升到半空，忽然一阵大风吹来，纸包破裂，细碎的肉球四散飞扬，落到大地上，都变成了人。落在树叶上的，便姓叶；落在木头上的，便姓木；落到什么地方，便拿当地的东西的名称来做姓氏。从此以后，世界上又有了人类。伏羲夫妇，便成为再造人类的始祖。

五 伏羲攀登天梯

古代汉民族中，流传着下面这样一些关于伏羲（xī）的神话传说。

据说在中国西北几千万里的地方，有一个极乐的国土，叫作“华胥（huá xū）氏之国”。那里的人寿命都很长，他们能够走进水里不怕水淹，跳进火里不怕火烧，在天空中往来如履平地。云雾遮碍不了他们的视线，雷霆也搅乱不了他们的听闻。这个国家的人民，实在就是介乎人和神之间的地上的神仙。

在这极乐的国土上，有个没有名字，就叫作华胥氏的姑娘。有一次，她到东方一个林木葱茏、风景美好、名叫“雷泽”的大沼泽去游玩，偶然看见一个巨人的足印出现在沼泽边，觉得又奇怪又好玩，就用自己的脚去踩一踩这巨人的足印。这一踩不打紧，仿佛有了什么感觉，华胥氏后来就怀了孕，生下一个儿子，名叫伏羲。

雷泽边上出现的这个巨人的足印，是谁的足印呢？原来是雷泽的主神雷神的足印。这雷神，是一个龙身人头、半人半兽的天神。常常用手拍打着自己的肚子，在雷泽附近游玩。每拍一下，就放出一个响雷。华胥氏踩了雷神的足印才生出伏羲，伏羲当然就是雷神的儿子。

伏羲，这个天神和人间极乐国土的女儿所生的儿子，他本身具有充分的神性。神性的证明之一，就是他能够缘着一道天梯，自由自在地上下于天地之间。

天梯有两种，一种是山，一种是树，都是不假人力，自然生长的东西。昆仑山就是山当中的天梯，登上它最高的山峰，就能直达天庭。伏羲攀登的，不是作为山的天梯，而是一棵大树。这大树名叫建木，生长在西南的都广之野。它的形状很是奇怪：它那细长的树干笔端端地一直钻入云霄，两旁不生枝条，只在树的顶端，才生了些弯弯曲曲的树枝，盘绕起来像一把伞盖，树根也是盘曲交错的。还有一桩出奇，就是把它的树干一拉，就有软绵绵的扯不断的树皮剥落下来，像拴帽子的缨带，又像黄蛇。

都广之野，是天地的中心，有名的神女素女便出在那里。它真是一个好地方，不管冬天夏天，百谷都能播种，生长出来的米、黍、豆、麦，又白又滑，好像脂膏。那里聚集着各种各样的飞禽走兽，时常可以听到鸾鸟的歌唱，看到凤凰的舞蹈，草木冬夏常青，可以说便是地上的乐园。

那棵极高的具有天梯性质的建木，就生长在乐园的中央。乐园本是天地的中央，这座天梯更是天地中央的中央，所以到了正午，太阳照在树顶上，连一点影子都看不见，站在那里大吼一声，声音马上会消失在虚空之中，四面八方没有一点回响。

这棵居于天地中央的天梯建木，原是中央天帝黄帝运用他的神通和法力创造的。各方的天帝就把它当作上天下地的楼梯。他们缘着这棵直入云霄的细长的树，爬上去又爬下来。伏羲就是首先去爬这棵树的人，怪不得他后来成了东方的天帝。

伏羲和人们在一起幸福地生活了很多年。在这段时间里，他根据阴阳变化的道理画过八卦，用八种简单而含义很深的符号，概括了天地间万事万物的情况；又模仿蜘蛛的结网发明创造了网罟（gǔ），教导人们拿它去打猎捕鱼；又把山林间自然发生的雷火送给人类，教导他们用火煮肉吃，以免多吃了生肉不消化。

除此之外，他还创制了瑟（sè）这种乐器，还作了一支叫作《驾辩》的乐曲。人类文化的曙光，在伏羲时代，就璀璨地放射出来了。

伏羲做了东方的天帝后，辅佐他的是木神句（gōu）芒，他俩共同管理着东方一万二千里的地方。句芒是西方天帝少昊（hào）的儿子，他长着人的脸、鸟的身子，驾了两条龙，手里拿了一个圆规，象征着春天和生命。当他出现在世间的时候，就宣告着春天已经来临，生命也伴随着开始了。

六 廪君和盐水女神

和别的天帝一样，伏羲有许多后代子孙，其中一个特别著名，那就是廪（lǐn）君。

廪君生长在南方的武落钟离山，名叫务相（xiàng），是巴氏这个氏族的儿子。住在这座山上的，还有别的四个氏族，就是樊氏、瞫（shěn）氏、相氏、郑氏。这四族人都住在黑色的洞穴里，只有巴氏一族住在红色的洞穴里。

五族人没有共同的首领，各自奉祀着本族信仰的鬼神，谁也不肯让谁，常常为了一点细小的事故，你砍我杀，损伤不少元气。

天长日久，大家都感到再要像这样下去，将来一定会弄到连种族都绝灭的地步。于是，五族的老人们便聚在一起商量：既然各族都奉祀着自己信奉的鬼神，谁也不服谁，那就最好推选代表出来比赛神通本领，看谁得胜，就奉谁做五族人共同的首领，将五族并作一族，再也不互相残杀。

大家都说：“好！”

商议已定，各自回去向本族的人说明，推选出一位代表，到约定的那天出来比赛神通本领。

巴氏族推选务相（就是后来的廪君）做他们的代表，其余各族人也都推选了自己的代表。到了预定比赛本领的那天，大家都装束齐备，簇拥着他们的代表，闹闹哄哄地跑到山顶上去。

比赛的第一个项目是掷剑。代表们站在山顶上，各人手里握了一把短剑，尽力向对面山崖的洞穴掷去。他们约定，谁能够掷中洞穴使剑倒悬穴顶的，就奉他做首领。代表们掷出的剑都在中途纷纷落下，唯独务相的剑掷中对面山崖上的洞穴，而且使剑钻进石头，倒悬在穴顶。五族的人见了这景况，都齐声喝彩。

比赛的第二个项目，是坐雕花土船。各族人预先塑造好一只雕着花纹的泥土做的船，放在河岸边，看谁的船能在河里驶行而不沉没，就奉谁做首领。五族的人纷纷攘攘来到河岸边，把各自塑造的雕花土船推下河去。其余几姓的土船，驶行不到中流，都先后崩溃，沉没在河里，唯务相驾驶的土船，顺着河流，一直行驶了很久，仍旧安然无恙。

两项比赛都是务相胜利了，再没什么说的，五族人就一致奉务相做了他们的首领，就是所谓的“廪君”。

廪君做他们的首领没多久，他们的部族就显出一片欣欣向荣的景象。由于人口一天天增加，原来住的洞穴不够住了，山上的动物和野生植物也不够吃了，廪君便决定带领着他们，到别的地方去寻觅新的居地。

廪君仍旧坐着他那只神奇的雕花土船，其余各族的人便坐普通木船，从水路出发，浩浩荡荡，顺着夷水，沿江而下。不多几天，便来到盐水流经的盐阳这个地方。

大家舍舟登岸，找地方搭起帐篷，准备在这里休息几天再出发前进。

盐水有一个女神，聪明而又美丽，对英雄的廪君发生了爱慕，便亲自来向廪君说：“我们这里地方广大，又出产丰富的鱼、盐，希望你和你的部族就留在这里，不要再朝前面走了。”

廪君知道她的用意，虽然也爱慕盐水女神，但觉得这块土地并不如她所说的那么广大，出产的鱼盐也不如她所说的那么丰富，作为一个部族的新居地，实在还不够理想，因此就没有答应盐水女神的请求。

这个痴心的女神，希望用爱情来挽留自己恋慕的人，于是就在每天晚上，悄悄跑来伴同廪君住宿，待早晨天刚发亮，就离开帐篷，变成细小的飞虫，飞舞在天空中。山林水泽的神灵和精怪，凡是同情盐水女神的，也都来帮助她，大家一齐变作细小的飞虫，在天空中飞舞。这些小飞虫愈聚愈多，愈来愈密，以至于掩蔽了日光，使天地一片昏暗。

廪君带领着他的部族，想要启程出发，却被这声势浩大的飞虫之阵阻拦住了。虫阵包围住他们，使他们分辨不清东西南北。

这样的情景，一直继续了七天七夜。

廪君知道这是盐水女神故弄的玄虚，便屡次劝她不要纠缠，可是任性的女神，为了不让情人离去，总是回他个不理。廪君无计可施，只得从头上摘下一缕发丝，叫人拿了去送给她，说：

“廪君送你这缕发丝，表示和你同生共死；请一定把它带在身上，千万别扔了。”

盐神不知是计，便欢欣地把廪君的发丝带在身上。

早晨，当她又变成飞虫，会同各种各样的小飞虫，一齐飞舞在天空中的时候，那缕青色发丝也随着风儿，飘飘荡荡地飞舞在天空中。

廪君站在地面上，看得真切，就踏上一块天雨祷晴的“阳石”，弯弓搭箭，朝着青色发丝的所在，一箭射去。只听得微微一声呻吟，天空中有团亮光一闪，映出带箭的盐神的美丽身影，她的脸色苍白，双目紧闭，从天空中轻轻飘堕下来，落到盐水的波面上，随着东逝的河水流去，渐渐沉没了。霎时间，小飞虫都飞散得无影无踪，出现在众人眼前的，又是一幅秋高气爽、丽日晴天的平原的图景。大家禁不住手舞足蹈，一齐呐喊欢呼。廪君在大众的欢呼声中，仍然站在天雨祷晴的阳石上，无力地垂下了拿弓箭的手臂，怔怔地望着波浪滔滔的盐水出神……

廪君带着他的部族，又从盐水坐船出发了。一路上，歌唱声和嘭嘭的鼍（tuó）鼓声震撼着大地，大家都为他们胜利的进军而兴高采烈。怀念盐神的廪君被众人的欢乐情绪所感染，也不时发出开心的大笑。

他们的船队顺流而下，来到一处地方。这地方有高岸深谷，泉水回曲，林木蓊翳（wěng yì），看起来黑黝黝的，就像个大洞穴。

众人来到这里，大家的情绪都低落了。就连廪君也忍不住叹口气说：“真倒霉！就像我们住山洞没住够似的，才从洞里出来不多久，如今又到了这个大洞穴……”

廪君的话还没有说完，眼前的高岸一下子就崩裂开来，现出了大约有三丈宽的一列石梯，一梯接连一梯，一直通到高处。

这真是意想不到的奇迹，连本来具有神通的廪君也被惊呆了。待他渐渐回过神来，才带领众人踏着石梯，登上岸去看个究竟。

在高岸上，出现了一片平旷而富饶的原野，有丰茂的绿草，有高大的树林，美丽的花朵灿烂地开着，各种小鸟小兽欢快地飞翔纵跳着，出没在花草和树木之间，真是一个适于居住的理想地方。

再一看，靠岸不远，有一块长一丈、阔五尺的平整的大石头。廪君和他的伙伴们，就在这块石头上坐下来，稍稍休息一会儿，接着谈起建筑都城的计划。廪君一面和众人谈着，一面把一些小竹片抛在石头上，拿它们来计算筑城时所需的用项开支。说也奇怪，这些小竹片竟附在石头上，像生了根似的，这仿佛是廪君的祖先——那位东方天帝伏羲的旨意，要叫他们安心地住在这里，永远不要离开。

于是，廪君率领着他的部族，真个就在这里建造了一座庄严雄伟的都城，名叫夷城。他们的子孙就在这里一代代地繁衍下去，后来就成为中国西南的一个强大民族——“巴族”。

七　神农鞭药和尝药

女娲伏羲之后，不知道隔了若干年代，又出现了一个大神，就是太阳神炎帝。他和兽身人脸的火神祝融共同治理着南方一万二千里的地方，是南方的天帝。

太阳神炎帝是极慈爱的大神，当他出现在世间的时候，大地上的人类已经生育繁多，自然界出产的食物不够吃了，慈爱的炎帝教人类怎样播种五谷，用劳力来换取生活的资料。那时候，人类共同劳作，互相帮助，没有奴隶，没有主人，收获的果实大家均分，感情像弟兄姊妹般地亲切。炎帝又叫太阳发出足够的光和热来，使五谷孕育生长。从此，人类便不愁衣食。大家感念他的功德，便称他做“神农”。传说他是牛的头，人的身子。这大约因为他在农业上也像几千年来帮助我们耕种的牛一样，特别有贡献吧。

这太阳神而兼农业之神的炎帝，他刚刚诞生下来时，在他诞生地的周围，完全不需要半点人力，自然涌现了九眼井。这九眼井的井水彼此相连，若是汲取其中一眼井的水，其他八眼井的水都会波动起来。

当他教导人民播种五谷的时候，天空中忽然纷纷落下许多谷种。他把这些谷种收集拢来，播种在开垦过的田土上，以后才有供人们食用的五谷。

据说有一次，一只通身红色的鸟，嘴里衔了一株九穗的禾苗，飞过天空。穗上的谷粒一粒粒坠落在地上，炎帝便把它们拾起来，种在田间。谷粒便长成高大的嘉禾，人们吃了它，不但可以充饥，还可以长生不死。

炎帝不但是农业之神，同时又是医药之神。因为太阳是健康的泉源，所以和医药也有关系。

他曾经用一条神鞭——“赭（zhě）鞭”，来鞭打各种各样的药草，这些药草经过鞭打，不管它们有毒无毒，或寒或热，各种性质都自然地呈露出来。他就根据这些药草的不同属性，给人们治病。

为了辨别各种药草的性质，他曾亲自去尝药；尝药的时候，曾在一天当中就中过七十二次毒。由于他身体是玲珑透明的，从外面就能看见他的肺肝五脏，所以虽然尝药中毒，还是能够预先知道中毒中在哪一部分，并能找到解救的药方。

但也有的民间传说说，神农帝尝百草，最后尝到一种有剧毒的断肠草，肠子终于烂断了，无药可解，为人类牺牲了生命。

更有这样一种说法，说神农尝药时，尝到一种百足虫，这虫一钻进他的肚子，一只脚能变成一条虫，以至千变万化，成了数不清的百足虫，因而杀死了他。

不管这些传说是怎样不同，大神炎帝为人类效忠的精神，总是教人难忘的。

八 精卫填海

太阳神炎帝，有一个女儿，名叫女娃，是他最钟爱的女儿。有一天，女娃驾着一只小船，到东海去游玩，不幸海上起了风涛，像山一样的海浪把小船打翻，女娃就淹死在海里，永远回不来了。炎帝固然痛念他的女儿，却不能用医药来使她死而复生，只好独自悲伤罢了。

女娃不甘心死去，她的魂灵变成一只小鸟，名叫“精卫”。精卫长着花脑袋、白嘴壳、红脚爪，形状有点像乌鸦，住在北方的发鸠山上。她恨无情的大海夺去自己年轻的生命，因此她常常从西山衔了一粒小石子，或是一段小树枝，展翅高飞，一直飞到东海。她在波涛汹涌的海面上回翔着，把石子或树枝投下去，想把大海填平。

大海奔腾着，咆哮着，露出雪亮亮的牙齿，凶恶地嘲笑她：

“小鸟儿，算了罢，你这工作就算能干上一百万年，也休想把大海填平！”

精卫在高空答复大海：“哪怕是干上一千万年，一万万年，干到宇宙的终尽，世界的末日，我也要把你填平！”

“你为什么恨我这样深呢？”

“因为你夺去我年轻的生命，将来还会有许多年轻无辜的生命，会被你无情地夺去。”

“傻鸟儿，那么你就干吧——干吧！”大海哈哈地大笑了。

精卫在高空悲啸着：

“我要干的！我要干的！我要永无休止地干下去的！你这叫人愤恨的大海啊，总有一天我会把你填成平地！”

她飞翔着，啸叫着，离开大海，又飞回发鸠山去，把发鸠山上的石子和树枝衔来投进大海。她往复飞翔，从不休息，直到今天，她还在做着这种工作。

九 宇宙的最高统治者——黄帝

比炎帝稍后一点，又出了一个大神，就是黄帝。

黄帝，据说是炎帝的同胞兄弟，他和炎帝各自管领着宇宙的一半。不知道为什么，神国忽然不平静，发生了内乱。黄帝统率着神兵神将，驱赶着老虎、豺狼、豹子、人熊、狗熊……种种野兽做先锋，拿雕（diāo）呀、鹖（hé）呀、鹰呀、鸢（yuān）呀……种种猛禽做旌（jīng）旗，和炎帝的军队在涿鹿之野狠狠地打了一仗。结果年富力强、勇武和谋略兼有的黄帝胜利了，他于是做了宇宙的最高统治者，也就是说，做了中央的天帝。而年老力弱、仁爱过甚、显得有些优柔寡断近于怯懦的炎帝呢，却遭到了失败，他于是只好退避到南方去，做了南方的天帝。

东方的天帝还是太昊伏羲，只有西方和北方，没有人照管。黄帝便命他的侄孙少昊做了西方的天帝，命他的曾孙颛顼（zhuān xū）做了北方的天帝，黄帝本人，居于天庭的正中，做中央天帝。神国的新秩序，就是这么建立起来的。

相传黄帝长有四张脸，四张脸正对着东西南北四方，把各处发生的事情都看得清清楚楚，谁也瞒不了他。

有一回，钟山的山神烛龙，有一个人脸龙身的儿子名叫“鼓”的，和另一个名叫“钦䲹（pī）”的天神，合伙把一个名叫“葆江”的天神在昆仑山的东南面杀死了。这件事给黄帝知道，惹得他很生气，他马上派人到下方去，把他们一齐杀死在钟山东面的瑶崖，给可怜的葆江报仇雪恨。

可是，这两个凶徒还戾（lì）气不散，钦䲹化作一只大鹗（è），白脑袋、红嘴壳、老虎的爪子，背上有黑色斑纹，形状像大雕，鸣叫的声音像晨鹄（hú），它出现在世间，世间一定就要惹起猛烈的战争；鼓也变化作了一只鵕（jùn）鸟，形状有点像猫头鹰，红脚爪、白脑袋、直嘴壳，背上有黄色的斑纹，鸣叫的声音也和大鹗差不多，它出现在什么地方，什么地方就会发生可怕的大旱灾。

又有一回，蛇身人脸的天神贰负，有个名叫“危”的臣子，这个臣子很坏，唆（suō）使他的主人合伙把另外一个也是蛇身人脸的天神猰貐（yà yǔ）杀死了，这件事又给黄帝知道了，黄帝立刻又命人去把那个坏蛋捉来，把他捆绑在西方的疏属山上，枷了他的右脚，反绑了他的两只手，拴在山头的大树下，来惩罚他的罪恶。

至于那个无辜被杀的猰貐，黄帝可怜他，命人把他搬到昆仑山去，叫巫师拿了不死药去救活他。但是，他活转来后，却跑到昆仑山脚下，跳进弱水的深渊中，变作了龙头虎爪的吃人怪物，完全迷失了本性，最后才被射太阳的天神羿（yì）射杀了。

十 奇相偷去黄帝的玄珠

讲到黄帝，就得讲一讲和黄帝有密切关系的昆仑山。

在昆仑山上，有一座庄严华美的宫殿，是黄帝下方的帝都。管理这座宫殿的，是一个名叫“陆吾”的天神。他的状貌极威猛，人的脸、老虎的身子和脚爪、九条尾巴。此外还有一些红颜色的凤凰，专门替黄帝管理宫殿里的用具和衣服。黄帝在闲着没事的时候，常喜欢从天上降下到这里来游玩。

假如他高兴，从这里向东北散步走去，不过四百里的地方，便到了槐江之山，山顶上就是有名的悬圃，是黄帝在下方的一座最大的花园。因为它的位置很高，好像悬挂在半天云里，所以叫它做“悬圃”。站在悬圃向南方望去，如果是夜晚，就可以望见昆仑山上黄帝的华美的宫殿，笼罩在一片闪耀的光辉里，真是壮观极了。

看呀，在那高高的昆仑山山顶上，四周围绕着雪白的玉石栏杆，每一面有九口井、九扇门。进入门内，便是巍峨的帝宫，是五座城、十二座楼组合而成的。最高的地方长着一株大稻子，长有三丈五尺。大稻子的西边有珠树、璇树、不死树；它的东边有沙棠、琅玕（láng gān）树，琅玕树上能生长美玉；它的南边有绛树；北边有碧树、瑶树。宫殿的大门正对着东方，迎接着旭日的光辉，叫作“开明门”。门前有一只神兽，叫“开明兽”，身子有老虎般大，长着九个头。九个头都各有一张人样的脸，威风凛凛地站在岗崖上，面向着东方，守护着这座“百神所在”的宫城。

距昆仑山不远的一座密山上，出产一种柔软的白玉，从这种白玉中更涌出一种像脂蜡般洁白光润的玉膏来，黄帝就拿玉膏来做他每天的食品。剩余的玉膏就用来灌溉丹木。过了五年，丹木就开出五种颜色的芬芳的花朵，结出五种味道的鲜美的果子。黄帝又把密山的玉的精华种在钟山的向阳处，后来钟山也产生了许多坚致精密、润厚而有光彩的美玉，于是天地鬼神也都拿它来当作食物了。

黄帝经常喜欢到昆仑山去游玩。有一次，他打从赤水经过，又到昆仑山去，回去的时候，一个不小心，把他一颗最珍爱的又黑又亮的宝珠，丢失在赤水的近旁了。

黄帝心里很着急，马上派了一个聪明绝顶的天神名叫知的，去替他寻找这颗宝珠。知去寻找了一遍，全无踪影，只得空着两只手，转来向黄帝报告寻找的结果。

黄帝又派天神离朱去寻找宝珠。离朱虽然长着三个脑袋、六只眼睛，而且每只眼睛都明亮得出奇，可是去找了一遍，还是踪影全无。黄帝只得又派一个能言善辩的天神名叫吃诟（gòu）的，去寻找宝珠，吃诟去寻找了一遍，在这件细致的工作中，也没有能够用上他的辩才，终于还是失望地转来。黄帝没办法了，最后，只得派那个神国闻名的粗心大意的天神象罔（wǎng）去寻找。

象罔领了旨命，飘飘洒洒，漫不经心地走到赤水岸上，用他“恍兮忽兮”的眼睛，约略向周遭一瞧——哈，“踏破铁鞋无觅处，得来全不费工夫”，那颗黑而放光的宝珠，正不声不响地躺在草丛里呢。象罔便弯了弯腰身，从草里拾起宝珠，仍旧飘飘洒洒，回来把宝珠交还给黄帝。

黄帝看见这个粗心大意的天神，一去就把宝珠寻找了回来，不禁大为惊叹，说：“唉，别人找不到，象罔一去就找到，这真是奇怪而不可思议的事啊！”于是黄帝便把这颗宝珠交给象罔保管着。

象罔拿着这颗宝珠，仍旧漫不经心地朝他那大袖子里一放，每天照样飘飘洒洒、无所事事地东逛西荡。后来被震蒙氏的一个女儿知道了，只略用了一点点计策，便把这颗宝珠从象罔身上偷了去。

黄帝在懊恼之余，把事情调查实在，便派遣天神去追捕震蒙氏的女儿。震蒙氏的女儿害怕受罚，便把宝珠吞进肚里，跳进汶川（即岷江，在今四川省）去，变作了一个马头龙身的怪物，名叫“奇相（xiàng）”。

从此以后，她就做了汶川的水神。后来大禹治水，据说，她还用吞玄珠所修炼来的神通和法力帮助过他呢。

十一　黄帝冲出蚩尤的雾阵

黄帝时代的一件大事情，就是他和蚩（chī）尤的战争。

蚩尤，他本是炎帝的后代，曾参加过炎帝和黄帝在涿（zhuō）鹿之野的战争，当战争失败、炎帝被迫退居到南方去以后，蚩尤就被俘而做了黄帝的臣属。

为了祝贺战争的胜利，黄帝便在西泰山会合天下的鬼神。那时候，黄帝坐在大象挽的宝车中，一只足的毕方鸟做他的侍卫，六条蛟龙盘曲腾跃护卫在宝车的两旁，凤凰在天空飞舞，腾蛇（一种生有翅膀的神蛇）在地面伏窜，风伯和雨师在前面洒布和风细雨、打扫道路上的尘埃，各种各样奇形怪状的鬼神——有的马身人面，有的鸟身龙头，有的人面蛇身，有的猪身八足蛇尾……都闹哄哄地跟随在黄帝的车子后面。

单看这场面，就已经够壮观了，而还有更壮观的，就是黄帝派遣新俘虏过来做了臣属的蚩尤走在队伍的最前面，替他开路。

这作为炎帝后代的蚩尤，原是南方的一个巨人部族的首领，他们共有弟兄八十一个，一个个都是身长数丈，铜头铁额，猛勇无比。他们的头上都生有两只坚利的角，耳朵两旁的毛发直竖起来，好像剑戟（jǐ），四只眼睛，六只手，两只牛一样的脚。

蚩尤弟兄不但形状奇怪，他们吃的东西也和别人不同。他们拿沙子、铁块、石头来做家常便饭。他们又善于制造各种兵器：锋锐的矛、尖利的戟、巨大的斧、坚固的盾、轻捷的弓箭……此外，他们还具有超人的神力。

涿鹿之野的那场战争失败了，蚩尤被俘，黄帝在西泰山会合天下的鬼神，就叫这“巨无霸”走在前面替他开路。在黄帝只不过是为了显示排场，点缀观瞻，殊不知失败的蚩尤却深深地感觉着羞耻和屈辱，非常气恼。

老谋深算的黄帝也担心着蚩尤，怕他叛变，便给了风伯和雨师一道命令，叫他们暗中监视蚩尤的行动。风伯和雨师为了执行黄帝的命令，便时常去找蚩尤谈天。

蚩尤的身世和处境，渐渐取得了他们的同情，他们也有好些地方不满意于黄帝的统治，于是三个人就慢慢结成了朋友。

在风伯和雨师的暗中帮助下，蚩尤终于钻了个空子，从黄帝那里逃跑出来，回到南方去。一回南方，他就去向炎帝陈说他在黄帝那边了解到的种种情况，说黄帝实际上不过是虚排场、空架子，并不是怎样了不起，劝炎帝重振军旅，再和黄帝见个高下，雪耻报仇。

可是炎帝毕竟年老力衰了，宁愿安分守己地做小小的一方天帝，再也没有雄心大志去冒险，和黄帝争什么高下，因此便没有听从蚩尤的劝告。

蚩尤见炎帝懦弱无能，决心自己动手来干，便去发动他那七八十个早已经在那里摩拳擦掌、等候报仇的弟兄。这些人既是久有此心，当然一说便成，大家都愿献出力量，听候首领蚩尤的调遣。

蚩尤又去发动南方的苗民。苗民本是黄帝的后代，只因黄帝歧视他们，没有将他们和也是黄帝后代的下方其他民族同等看待，大家怀恨在心，大部分人也都赞同蚩尤的计划和行动，愿意在蚩尤的统领下，去推翻黄帝的宝座。

除此而外，南方山林水泽间的鬼怪魑魅（chī mèi）魍魉（wǎng liǎng）之类，怨恨黄帝手下的两个鬼头子神荼（shēn shū）、郁垒（yù lǜ）管制得太严，也都闻风兴起，加入了蚩尤的战团。

蚩尤于是假借了炎帝的名号，自称炎帝，正式揭起了反抗的旗帜。他统率着大军，浩浩荡荡，从南方杀奔到北方来。

正在昆仑山的宫苑里过太平日子的黄帝，听说蚩尤私自逃跑，回去发动了大兵，要来和他争宝座了，不免大吃一惊。黄帝是善于“讲道德、说仁义”的，起初他还想用他那一套仁义道德来感化蚩尤，可是顽强而又固执的蚩尤，却不受他什么仁义道德的感化。黄帝没有办法，终于，也只好用战争来对付战争了。

这一场战争是猛烈无比的。蚩尤这方面的军队，有他七八十个铜头铁额的弟兄，还有许多勇敢善战的苗民；黄帝这方面的军队，有天女魃（bá）和应龙，有四方的神怪，还有人熊、狗熊、大老虎、小老虎、狐狸、豺狼……种种凶猛的野兽。正所谓棋逢对手，各不相让。他们主要的战场还是在涿鹿，就是上一次黄帝和炎帝交过锋，打败了炎帝的地方。

战争一开始，果然表现出了蚩尤这方面军队的强悍。黄帝虽然有一大群野兽冲锋陷阵，又有四方的神怪和下方一些民族来帮他的忙，究竟也还不是蚩尤的敌手，所以接连吃了好几个败仗，景况相当狼狈。

有一次，当双方的军队在原野上战斗正酣的时候，蚩尤不知道弄了一种什么魔法，忽地从鼻孔里喷出漫天漫野的大雾来，把黄帝和他的军队团团围困住，不辨东西南北。

在这一片白茫茫的大雾中，一个个铜头铁额、头上生角的蚩尤弟兄可就更勇猛了。他们在雾中或隐或现，时出时没，逢人便砍，见人便杀，只杀得黄帝的军队马嘶人叫，虎窜狼奔。

“冲出去呀！冲出去呀！”黄帝手里挥舞着宝剑，站在战车上，大声地喊。

“冲出去呀！冲出去呀！”四方的鬼神应和着黄帝的喊声，齐声呐喊。

老虎在吼，熊在咆哮。对着这片威胁生命的大雾，谁都希望早点冲出它的包围。

冲呀，冲呀，可是冲杀了老大半天，转来转去，还是在这一片白茫茫的大雾的包围中。

四方的鬼神无法了。黄帝也无法了。这雾，仿佛并不是雾，倒像是一幅大的白布幔子，把天和地整个儿都包罗在它的当中。

黄帝正愁眉不展，那个非常聪明的小老头儿——他的一个名叫“风后”的臣子——却在战车上打瞌睡。黄帝见了发怒说：

“你不替大家想办法，还有闲心打瞌睡哩！”

风后睁开蒙眬（méng lóng）的睡眼，分辩说：

“我打什么瞌睡？我正在想办法哩！”

风后也的确在想办法。他想：那北斗星的斗柄为什么能依着时序的不同而变换它所指的方向呢？假如能发明一种东西，不管怎样转而终于能够指着一定的方向，那不就解决问题了吗？

他马上动手，在战场上运用鬼斧神工的本领，很快地替黄帝做了一辆指南车。这指南车的前面，有一个铁制的小仙人，伸出手臂，正指向南方。能够辨认南方，其他东西北三个方向也都能够辨认了。

靠了这辆车子的引导，黄帝才能统率着他的军队，冲出了大雾的重围。

十二 应龙、天女魃和夔牛皮鼓

黄帝有一条神龙，名叫“应龙（yìng lóng）”。应龙生有一对翅膀，住在凶犁土丘山的南端。他的本领很大，善于蓄水行雨。自从上一次在战阵上吃过蚩尤大雾包围的亏以后，黄帝就更加痛恨这个敌人。他心想：蚩尤能作大雾，我的应龙却能下大雨，大雨的厉害，还怕不及大雾？于是他就叫应龙上阵去攻打蚩尤。

哪知道应龙刚一出阵，行云布雨的架子还没有摆好，蚩尤早已经暗中从黄帝这边请了他的老朋友风伯和雨师过去，刮起一场猛烈无比的大风，下起了暴雨，使应龙简直没法施展他的本领。狂风和骤雨都向黄帝这边的阵地上吹打过来，吹打得黄帝的军队站不住脚，四散奔逃。

站在小山顶上督战的黄帝，看见应龙不济事，只得又叫他的女儿上阵去助战。

黄帝的这个女儿，名叫“魃（bá）”，住在系昆山的共工之台上，常穿一件青衣服，模样并不漂亮，据说还是秃头，眼睛生在脑门顶上，个儿只有两三尺高。但是她却有特殊的本领，身体里面装满了大量的炎热，那热度恐怕超过一座喷火山。她一走到战场上，刹那间狂暴的风雨顿时消逝得无影无踪，天空中又是烈日当头，炎热得比下雨以前还厉害。蚩尤弟兄们见了这种景象，一个个惊惶诧异。应龙便趁着这机会，扑杀前去，结果杀死了几个蚩尤弟兄和一些伙同作对的苗民。

但是天女魃，帮助她父亲完成了这件功业之后，大约因为用的力量太多，或者受了“邪魔”的沾染，从此她就只能够留住在地上，再也不能够上天了。她所居住的地方，总是旱云千里，滴雨全无。人民受她的灾害极大，都非常痛恨她，叫她做“旱魃”，常常想方法来赶逐她。她就这样被人们赶来赶去，到处不受欢迎。

蚩尤弟兄有飞腾天空、在险峻的山岭上行走的本领，虽是在战阵上损折了一些兵马，但还有剩下来的一大群人，声势仍旧浩大。黄帝对于蚩尤，还是愁得没办法，而且他这边军队的士气，又渐渐地低落了，这也使他不得不暗中忧虑。

想来想去，终于给他想出了一个妙法。这妙法就是用一种特别的材料，制造一面奇异的军鼓，来振作士气，战胜敌人。

原来在东海流波山上，有一只名叫“夔（kuí）”的野兽，形状像牛，却没有角，苍灰色的身子，只有一只脚，能够自由地在海水里进出。当它进出海水的时候，必定伴随着大风大雨，一面眼睛里发出像日月般闪闪的光辉，一面又大张着口吼叫，声音好像打雷。

不幸，黄帝看中了它，便派人去将它捉了来，剥了它的皮，将皮晾干，制成一面军鼓。

军鼓有了，还差一个鼓槌。黄帝又打雷泽中雷神的主意。

这雷神，又叫“雷兽”，是一个龙身人头的怪物，常在雷泽里面，无忧无虑地拍打着肚子玩耍。他一拍肚子，就放出一个响雷。先前华胥氏在雷泽边踩了大人的足印，便生出伏羲，这个大人就是雷神。黄帝也派人去把他捉来，不由分说，将他杀了，从他身体内抽出一根最大的骨头，当作鼓槌。

军鼓有了，鼓槌也有了，黄帝就用雷神骨头做的鼓槌，来敲打夔牛皮做成的军鼓。两件响东西碰在了一起，发出的声音比打炸雷还响，据说五百里以外也能听见。

这面军鼓被搬到战场上，一连擂了九通，果然山鸣谷应，天地变色，黄帝这边军威大振，蚩尤弟兄们听见鼓声，个个吃惊，不能飞也不能走了。黄帝的军队就在震耳的鼓声中追杀上去，打了一个大胜仗。

十三　夸父追日

这一次蚩尤的失败，损失是相当严重的，检点剩下来的人马，已经不到半数。要不投降，只有全被歼灭，大家心里都有些恐慌。

投降，是可耻的，没有人愿意投降。有人提议去请北方的夸父（kuā fù）族人前来帮忙，这提议，马上得到极大多数人的赞同。

原来夸父族是大神后土传下来的子孙。后土是幽冥世界幽都的统治者，权力很大。

幽都在北海，里面有黑鸟、黑蛇、黑豹、黑虎、黑狐，连人都是黑的。看守幽都城门的就是巨人土伯，他是大神后土的臣子。他长着老虎的头，头上有一对坚利的角，额颅上有三只眼睛，身子比牛还大。我们见了巨人土伯这种形象，就可以想见那幽都之王后土的威严是怎样了。

夸父族的人住在北方大荒中的一座叫作“成都载天”的山上，一个个都是身材高大的巨人，力气也极大。他们的性格既勇敢坚强，又比较和平善良，喜欢替人打抱不平。

他们当中，曾经有这样一个人，做了这么一件叫人吃惊的事——

这个夸父族人，有一天，看见原野上西斜的太阳，忽然产生一种奇想。

他想道：太阳落下地去，黑夜便要来临；我不喜黑夜，我喜欢光明，我要去追赶太阳，将它捉住。

想着，他果然就提起长腿，迈开大步，向着西斜的太阳追去。追呀，追呀，夸父在原野上奔跑，快得像一阵风，瞬息间就已经超越千里，一直把太阳追到禺（yú）谷。

禺谷，就是虞渊，是太阳落下的地方。一团极大的红亮的火球，就在他的面前。夸父已经完全处在这片大的光明的包围中了，他欢喜地举起双手来，想把眼前这个大红球捉住。

就在这时，他忽然感到一种极其烦躁的口渴，使他简直忍受不了。这当然并不奇怪，因为他被炎热的太阳烤炙着，又兼奔跑了老大半天，实在疲倦极了。

他只得暂时放弃了想要追捕的太阳，伏下身子来，去喝黄河、渭水里的水。经他这么咕嘟嘟地一喝，霎时间两条大河的水都给他喝干了，可是那烦躁而难受的口渴还是没有止住。

他再向北方跑去，想去喝大泽里的水。那大泽，又叫“瀚海”，在雁门山的北边，是鸟雀们孳（zī）生幼儿和更换毛羽的地方，纵横有千里宽广。这倒是一处好水泉，可以给寻求光明的巨人解除口渴。可惜他还没有到达目的地，就在中途渴死了。

他颓然地像一座山样地倒了下来，大地和山河都因为这巨人的倒下而发出轰然的震响。

这时太阳正向虞渊落去，把最后几缕金色的光辉涂抹在夸父的脸颊上。夸父遗憾地看着西沉的太阳，“唉——”地长叹了一声，便把手里拄的杖奋力往前一抛，闭上眼睛长眠了。

到第二天早晨，当太阳又从东方升起，用它的金光来普照着大地的时候，就发现昨天倒毙在原野上的夸父，已经变作了一座大山。

山的北边，有一片绿叶茂密、鲜果累累的桃林，那就是夸父抛出去的手杖变成的。他把这些滋味鲜美的果子，送给后来追寻光明的人们解除口渴，使他们一个个精神百倍，奋勇前行。

十四　愚公移山

夸父族人不但有追赶太阳的故事，还有帮助愚公搬掉挡在他家门前两座大山的故事。

上古时候，北山有一个叫“愚公”的老头子，年纪已经九十岁了，他家面对着太行、王屋两座大山居住，进出感觉很是不便。于是他召集家里大大小小的人来商议道：“这两座大山真是可恶，挡住了我们进出的道路，我们把它搬到别处去好不好？”

愚公的子孙们都说：“好，好，好！”愚公的妻子听说一家人要去搬山，有些怀疑，便向愚公道：“算了吧，像你这把年纪，恐怕就连魁父那点大的小土坡都动不了，还想去搬太行和王屋两座大山呢。——就算你能搬吧，这些泥块石头又朝哪里堆呢？”

愚公的儿孙都说：“担到渤海边上去一倒，岂不就完事了？”

大家既然赞成，搬山的工程就决定了。于是挖土的挖土，畚（běn）泥的畚泥，挖下来的泥块和石头，便结队朝渤海搬运。

邻居京城氏的寡妇，有个遗腹子，只有七八岁，刚到换牙齿的年龄，看见大家干活干得这么起劲，也蹦蹦跳跳地前来帮忙。

这些搬运泥土到渤海去倾倒的人，一去就是大半年，脱下棉袄换单衫，才打了个来回。

河曲智叟看见他们这么辛苦，笑着去劝阻愚公说："老头子，歇口气，像你这样风烛残年的人，每天只搬这点点土，能把这两座大山怎么办呢！”

愚公气愤愤地回答道："请你不要多说！我看你的见识，竟连那寡妇和小孩都不如。你就不知道，即使我死了，还有儿子，儿子死了有孙子，孙子又会生儿子，儿子还会有儿子；山又不会再长高，我们子子孙孙、世世代代地干下去，哪怕这山平不了！”

河曲智叟给他说得哑口无言，竟找不出话来反驳他。

正当愚公这么说时，不料恰被一个手里握蛇的天神在云端听见了，心里吃惊，怕他真的这么傻干起来，这两座大山总有一天会变成平地。于是赶紧跑去报告天帝。天帝听了天神的报告，也很吃惊，也产生了和天神相同的顾虑；同时，愚公志向的坚决，也使他深受感动。于是便派了巨人夸蛾氏——其实就是夸父氏的两个儿子，替愚公把门前的两座大山背在背上，一座搬去安顿到朔东，一座搬去安顿到雍北。两座大山本来是连在一起的。从此就天南地北地分在两处了。

十五 黄帝擒杀蚩尤

蚩（chī）尤族的人去见了夸父族的人，说出要请他们帮忙的意思。一部分夸父族人表示对于这种战争并没有什么兴趣，另一部分却觉得正是替弱者打抱不平的好机会，于是，这些人就都投入到这场战争里面去了。

蚩尤族人得了夸父族人的帮助，重新振作起来，像火堆里添了柴，老虎添了翅膀，又和黄帝的军队势均力敌，相持不下了。

黄帝对于夸父族人的加入战争，确实很感烦恼，一时想不出什么办法来对付，接连吃了好几个败仗。

他很颓丧，战场上蚩尤族的人又在吹烟喷雾了，烟雾虽不算怎么大，却是东一处、西一处，隐蔽着夸父和蚩尤们随时展开袭击的活动，使黄帝军队时常受到杀伤。

黄帝没法，干脆把军队暂时交给他手下的大将力牧指挥着，自己却跑到前些时候会合天下鬼神的泰山上去躺卧起来，筹划对付蚩尤的计谋。

这时，有一个自称“玄女”的人头鸟身的妇人前来见他，说她是天上得道的女仙，特地来教他兵法的。黄帝对于这从天而降的意外的有力支援，当然是求之不得，顿时除却愁云，喜上眉梢，赶紧先向玄女致谢，然后再虚心向她学习种种神奇奥妙的兵法。

黄帝得了玄女的援助，从此行军布阵，变化不可捉摸。同时又得到了昆吾山的火一样的红铜，来打造宝剑。这种宝剑造成之后，就变成青色，寒光四射，水晶般地透明，拿它来切玉就像切泥土一般。黄帝一下子得到了兵法，又得到了武器，霎时间军威又大大地振奋起来。蚩尤和夸父虽然猛勇，但他们只仗着力气大和一些小小的法术，究竟敌不过黄帝的谋略，终于还是失败了。

在最后一场战争中，蚩尤和夸父剩下的队伍，便落入了黄帝军队的重重包围。这时战阵上应龙大显神威：他翱翔天空，嗄（shà）嗄地怪叫，杀死一个个跑不动的蚩尤族人，又杀死许多夸父族人。黄帝的军队合围上来，那个“力拔山、气盖世”的铜头铁额的蚩尤首领，便被活捉了。

但是替黄帝建立了功勋的应龙，也和天女魃（bá）的命运一样，神力用尽，再也上不了天，他的主人似乎也像忘记自己的女儿一样，将他忘记了。他从此就只好悄悄地到南方的山泽里去居住，所以至今南方多雨。

被活捉的蚩尤首领，黄帝当然不会宽恕他的，因此马上就在涿鹿地方将他杀掉。杀他的时候怕他逃跑，还不敢把他手脚上的枷铐除去。直到已经将他杀死了，才从他身上摘下血染的枷铐，抛掷在大荒之中。后来这刑具化作了一片枫林，每一片树叶的颜色都是鲜红，那便是蚩尤身上迸溅出来的斑斑血迹，直到现在还在诉说着他的悲愤。

十六 刑天挥舞盾斧

蚩尤反抗黄帝失败以后，又有一个无名的巨人，起来反抗黄帝，为炎帝复仇，立志要推翻他那宇宙最高统治者的宝座。

这个巨人，本来没有名字，由于后来被黄帝砍掉了脑袋，人们就叫他做“刑天”。“刑天”，就是“断头”的意思。

他本是太阳神炎帝的臣子，生平酷爱音乐，当炎帝统治宇宙的时候，刑天还替炎帝作了一支乐曲，叫作《扶犁》，又叫《凤来》，又创作了一首诗歌，叫作《丰年》。在这些歌曲中，他热情地歌颂了当时人民所过的幸福而快乐的生活。

但是新崛起的黄帝却用强大的武力打败了炎帝，把炎帝逼迫到南方去做了个小小的一方天帝，仁爱而柔懦的炎帝只好忍气吞声，不敢再和黄帝抗争。刑天虽然和蚩尤一样，也曾力劝炎帝举兵复仇，却没有能够改变炎帝委曲求全的态度。

刑天自然是愤懑的。当蚩尤举兵反抗黄帝的时候，他心里也曾燃烧起希望的火焰，想一同去参加这场斗争，却被炎帝制止住了。后来听说蚩尤失败，被杀身死，刑天便再也忍耐不住，决定采取单独行动，去和黄帝见个高下。

他偷偷离开南方天庭，左手握了一面盾，右手拿了一把板斧，气呼呼地一直奔向中央天庭，径去和黄帝挑战。他一路经过许多关隘（ài），和把守重重天门的天兵天将交锋，谁也不是他的对手。他势如破竹，一直杀到黄帝的宫门。

黄帝听说刑天杀来，怒不可遏，登时提了一口宝剑，亲自出来敌斗刑天。两个在云端里剑斧交锋，你来我往，拼命厮杀。杀了许多时候，不分胜败。不知不觉，从天庭一直杀到凡间，一路杀去，直杀到西方常羊山的近旁。常羊山，据说是炎帝诞生的地方，也可说是炎帝的老家。黄帝觑（qù）了个空子，冷不防一剑向刑天的颈脖砍去，只听得“嚓”的一声，刑天那颗像小山丘样的巨大的头颅，就从颈脖上滚落在山脚下了。头颅落地和滚动的声音，就像天上的轰雷，震得山谷和林木都发出嗡嗡的回响。

刑天一摸颈脖子上没有了头颅，心里发慌，忙把右手的板斧移到左手握着，蹲下身来伸手向地上乱摸，周围的大山小岭都给他摸了个遍。那参天的树木，突兀的岩石，在他巨手的接触下都断折了，崩溃了，只弄得烟尘迷漫，木石横飞。

黄帝恐怕刑天摸着了头颅，在脖子上凑合拢来，又将有一场厮杀，倒是麻烦的事。因此赶忙提起手里的宝剑，向着常羊山这么一劈，“哗啦”一声，一座大山分为两半，巨人的头颅骨碌碌地滚入山中，大山又合而为一。

正蹲在地面上摸索头颅的刑天，一下子停止了动作。他蹲在那里，呆呆地，身体就像是一座黑沉沉的大山，生根在那里已经有了千百万年。他知道他的头颅已经被埋葬，他将永远身首异处了。他的看不见的敌人此刻也许正站在他的面前，发出胜利的得意的哈哈大笑呢。

他失败了吗？——不，他并没有失败！至少他并没有甘心他的失败！

他突然站起身来，一只手拿着大板斧，一只手拿着长方形的盾，向着天空乱挥乱舞，继续和眼面前的看不见的敌人作拼死的战斗。

赤裸着上身的断头的刑天，是拿他的两只乳头来当作眼睛的，拿他那肥大的圆圆的肚脐来当作嘴巴的。他虽然被斩断了头，他的身躯就可以做他的头。

看啊，这个战斗不息的巨人的形象是多么威猛：他那长在胸前的两只眼睛似乎真要喷出黑色的愤怒的火焰，他那长在肚子上的阔大的嘴巴似乎真要吐出咒诅敌人的言语。他只不过被阴谋的宝剑偶然砍去了头颅，他并没有失败！他并没有失败！他还有战斗的力量和勇气。虽然他的敌人老早已经逍遥地跑回天庭去了，可是他一直到现在还在常羊山的附近，挥舞着他手里的武器……

这个故事，就是人们传说的“刑天舞干戚”。干，就是盾；戚，就是一种斧。

十七　蚕马的故事

黄帝战胜了蚩尤，又斩断刑天的脑袋之后，觉得天下从此太平，再也没有人敢来夺取他天帝的宝座了，心里一高兴，就叫人作了一部雄壮威武的庆功乐曲，名叫《㭎（gāng）鼓曲》。这乐曲共分为十章，有什么“雷震惊”“猛虎骇（hài）”“灵夔（kuí）吼”“雕鹗（è）争”，等等。演奏时又还配以“㭎鼓”这种宴会宾客时用的特制大鼓，就更显得气概不凡。在这一片咚咚的鼓声里，胜利的战士们唱着凯歌，跳着种种杀敌姿态的舞蹈，黄帝坐在昆仑山华美的殿堂上听乐观舞，享受着从四面八方来的天地鬼神的祝贺，一时踌躇满志，高兴非凡。

正在作乐庆功、皆大欢喜的时候，忽然从天空冉冉降下一个披着马皮的蚕神，手里捧了两绞丝，一绞颜色黄得像金子，一绞颜色白得像白银，前来献给黄帝。

这个披着马皮的蚕神，原来是一个容貌姣好的姑娘。但她为什么竟披着马皮、化身为蚕、做了蚕神呢？原来有这么一个民间传说故事——

上古时候，有一个男子出门远行，在外面很久没有回家。他家里没有别的人，只有一个小女儿和一匹公马，这匹马就由小女儿喂养着。小女儿在家里很是寂寞，常常想念她的父亲。有一天，她半开玩笑地向拴在马房里的马说道：“马啊，你如果能够去把我的父亲迎接回来，我一定嫁给你做妻子。”

那马一听这话，就跳跃起来，拉断缰绳，从马房里跳出去，跑出院子。跑了不知道几天几夜，一直来到了小姑娘父亲住的地方。父亲见是自家的马，从千里外的故乡跑来，又是惊异，又是欢喜。正用手去拍抚马的颈脖，那马却也作怪，只是瞧着它来的方向，伸长了颈子，嘶叫个不停。父亲心里暗想：这马远远从家里跑来，就做出这种奇怪的模样，莫非我家中出了什么事情？于是一刻也不停留，赶紧抓住马的鬣（liè）毛，翻身骑上马背，一直跑回家去。

回到家里，女儿才向父亲说明：家里并没有发生什么事故，只是想念父亲罢了。父亲没说话，便在家里住下来。想到马这么聪明和通人性，待它更是比往常不同，总是拿上等的饲料来喂养它。可是马对着拿来喂它的丰美的食物，不大肯吃，而每每见了小姑娘从院子大门进出，却是神情异常，又叫又跳，非止一遭。

父亲觉察到这种光景，心里奇怪，便暗地问他的女儿："你说说，那马见了你为什么又跳又叫呢？"

女儿知道隐瞒不住，只得老老实实地把那次和马开玩笑的话告诉了父亲。

父亲一听就板着脸孔向女儿说："唉，真是丑死了！——别说出去，最近几天连你也不许走出这院子的大门！"

父亲虽然爱马，可是决不能够让马来做他的女婿。

为了省得那马长期作怪，父亲就埋伏了弓箭，亲自将马射死在马房里，然后剥下它的皮，将皮晒晾在院子里。

这天，父亲因为有事出门去了，小姑娘和邻家的姑娘们同在院子里马皮的旁边玩耍。小姑娘一见那马皮，心里生气，就用脚去踢它，边踢边骂："你这个畜牲，还想讨人家做你的妻子哩！现在给剥下皮来，真是活该！看你还……”

话还没有说完，那马皮突然从地上跳跃起来，包裹了小姑娘就朝院子门外跑去，风样地旋转着，顷刻间就消失在原野的远方。女伴们眼见这种情景，骇得手忙足乱，又惊又怕，谁也没有办法去救她。一直等到她父亲回来，才告诉了她的父亲。

父亲听了女伴们的话，非常惊诧，到附近各处去寻找了一遍，全无踪影。几天以后，才在一棵大树的枝叶间，发现了他那全身包裹着马皮的女儿，已经变成了一条蠕蠕而动的虫样的生物，慢慢地摇摆着她那马样的头，从嘴里吐出一条白而闪光的长长的细丝来，缠绕在树枝的四面。好奇的人们纷纷跑来观看，大家就叫这吐丝的奇怪的生物做“蚕”，说她吐出丝来缠绕住自己；又叫这树做“桑”，说有人在这树上丧失了年轻的生命。

这就是如今蚕的来源。小女儿后来做了蚕神，那皮一直披在她的身上，和她做了永不分离的亲密的伴侣，人们因而把她称作“马头娘”。

十八 牛郎织女

黄帝战胜了蚩尤，蚕神亲自来把她吐的丝献给黄帝，庆祝他战争的胜利。

黄帝见了这美丽而稀罕的物事，大大地称赏，便叫人用这丝来织成绢子。这绢子，又轻又软，像天上的行云、溪中的流水，比先前那苎（zhù）麻织的布好到不知哪里去了。

黄帝的臣子伯余就拿这丝织的绢来做成衣裳，黄帝也用它来做成礼帽和礼服。黄帝的妻子嫘（léi）祖，就是天后娘娘，也亲自把一些蚕宝宝养育起来，让它们吐出像蚕神献来的一样好看的丝，再把这丝织成许许多多行云流水般又轻又软的绢子。

嫘祖一开始养蚕，人民也纷纷仿效，蚕种孳（zī）生繁衍，愈来愈多，到后来竟遍及于我们祖先所居住的这块丰饶的大地。采桑、养蚕、织布，这诗歌般的美丽的劳动，竟成了中国古代妇女们的专业。

从这美丽而具有诗意的劳动，产生了一些追求生活自由，追求爱情和幸福的动人的传说，像牛郎织女的传说就是其中著名的一个——

相传织女是天帝的孙女，或说是王母娘娘的外孙女。住在银河的东边，用了一种神奇的丝，在织布机上织出了层层叠叠的美丽的云彩，随着时间和季节的不同而变幻它们的颜色，叫作“天衣”，就是给天做的衣裳。天也和人一样，是要穿衣裳的，虽然碧蓝如洗的青天也自有它的美丽。做这种工作，除了织女而外，还有别的六位年轻的仙女，都是织女的姊妹，也都是天上的织造能手，织女在她们当中，是最勤勉、努力的一个。

隔着那条清浅的闪光的银河，就是人间。在那里住着一个牧牛少年郎，叫作牛郎，他的父母早死去了，常受哥嫂的虐待。后来，哥嫂要和他分家，只给他一条老牛，叫他自立门户。

靠了老牛的帮助，牛郎在荒地上披荆斩棘，耕田种地，盖造房子，一两年后，居然营建了一个小小的家，勉强可以维持生活。可是除了那头不会说话的老牛而外，冷清清的家里只有他一个人，日子过得相当寂寞。

有一天，老牛忽然口吐人言，告诉他说，织女和别的仙女将要到银河里去洗澡，叫他乘她们洗澡的时候，夺取织女的衣裳，就可以得到她做妻子。惊诧的牛郎听从了老牛的话，到时候悄悄去到银河岸边的芦苇丛里躲着，等候织女和她的女伴们来临。

不多一会儿，织女和美丽的仙女们果然来到银河洗澡，脱下轻罗衣裳，纵身跃入清流，顷刻之间，绿波荡漾的水面上就好像绽开了朵朵的白莲。牛郎从芦苇里跑出来，从青草岸上拿走了织女的衣裳。惊骇的仙女们急忙穿上自己的衣裳，像飞鸟般地四下逃散，银河里就只剩下那个没有衣裳不能逃走的织女。牛郎向她说，要她答应做他的妻子，他才能还给她衣裳。织女只得含羞地点点头，这样，她就做了牛郎的妻。

他们结婚以后，男耕女织，相亲相爱，生活过得非常美满幸福，不久，生下了一儿一女，都是可爱的孩子。夫妻俩满以为能够终身相守，白头到老。

哪知道天帝和王母娘娘查明了这回事情，都非常震怒，马上派遣天神，去把织女捉回天庭问罪。王母娘娘怕天神办事疏忽，还亲自跟去观察动静。

织女和丈夫、孩子惨痛地分离，被天神押解着回天庭去。牛郎见爱妻去了，悲痛万分，立刻用箩筐挑了儿女们，连夜跟踪追去。他原打算渡过那清浅的银河，一直赶到天庭。哪知道到了银河的地方，却找不到银河的踪影。抬头一看，原来银河已经被王母娘娘用法力搬到了天上。在苍蓝色的夜空中，银河，还是那么一条清浅的闪光的水流，可是已经仙凡异路，再也不能够接近它了。

牛郎回到家里，抱着失掉妈妈的儿女，顿足捶胸，号啕大哭；爷儿三个哭作一团。老牛在牛圈里第二次又发出人声："牛郎，牛郎，我快要死了！我死之后，你剥下我的皮来披在身上，就可以上天庭去。"

老牛说完话，便倒地死去。牛郎果然披了老牛的皮，仍旧挑着一对儿女，追上天去。为了使箩筐两头的重量均衡，他随意拿了一个粪瓢来放在箩筐的一头。

牛郎到了天上，风样地穿行在灿烂的群星之间。那银河，已经遥遥在望，隔河的织女，也仿佛可以看见。牛郎大喜，孩子们招着小手齐声欢呼："妈妈！妈妈！"哪知道刚跑到银河，正想要渡河过去的时候，从更高的天空中忽然伸下来一只女人的大手——原来是王母娘娘着了急，拔下她头上的金簪，沿着银河这么一划，清浅的银河马上变作了波澜滚滚的天河……

牛郎和他的儿女对着这天河，眼泪除了像天河里的水一样地汹涌奔流之外，还有什么办法可想呢？

“爹爹，我们拿这粪瓢来舀干天河里的水！”小女儿终于揩干了眼泪，天真而又倔强地提议。

“对，我们来舀干天河的水！”悲愤的牛郎毫不犹豫地答应了。

说着，他果然拿起粪瓢，一瓢一瓢地去舀那天河的水。他舀得倦乏了，儿女们又合力用他们的小手来帮爹爹舀。这坚强而执着的爱情，终于也稍稍感动了那威严的天帝和王母娘娘冷硬的心肠，就允许他们每年七月七日的晚上相见一次，相见的时候，由喜鹊来替他们搭桥。夫妻俩就在鹊桥上相会，诉说衷情。织女见了牛郎，免不得悲哀哭泣，这时大地上往往就是一阵细雨纷纷，妇女们都忍不住带着同情和叹伤的口吻说：“姐姐又哭了！”

牛郎和他的儿女从此就住在天上，隔着一道天河，和织女遥遥相望。他们互相想念的时候，也自有巧妙的方法，传书递信，互通消息——在秋夜天空的繁星中间，至今我们还可以看见有两颗较大的星，在那条白练样的天河的两边，晶莹地闪烁着，那就是牵牛星和织女星。和牵牛星并列成直线的有两颗小星，是他俩的小儿女。稍远地方有四颗像平行四边形的小星，据说就是织女投掷给牛郎的织布梭；离织女星不远有三颗小星，像等腰三角形，据说就是牛郎投掷给织女的牛拐子。他俩把书信缚在梭和牛拐子上，就用这种方法来传达彼此的想念——他们的爱情，真可算是海枯石烂、坚定不移了。

十九 少昊建立鸟的王国

前面说过，黄帝自从打败炎帝，做了中央天帝之后，便叫他的侄孙少昊来做了西方天帝。这位西方天帝的少昊，他的诞生是不平常的。

他的母亲皇娥，原是天上的仙女，住在天宫里辛勤地织布，往往要织到深夜。有时工作疲倦，就驾了一只木筏，到银河上去游玩，常常溯流而上，一直驶到西海边的穷桑树下。穷桑是一棵万丈高的大桑树，桑叶红得像枫叶，桑葚又大又肥，紫晶光亮，一万年结一次果实，吃了可以活得比天地的寿命更长久。皇娥最喜欢到这棵桑树下来游转。

那时有一个少年，容貌超尘绝俗，自称是白帝的儿子，实际上就是那颗在早晨东方天上闪闪发光的启明星，又叫作金星，他从天空降下到水边来，弹琴唱歌，和皇娥调笑玩耍。

慢慢地他们彼此都心心相印，产生了爱情，玩得忘了回家。这少年就跳上皇娥驾驶来的木筏，划着木筏，两人一同浮游在月光笼罩的海上。

他们拿桂树的枝条来做船桅，拿芳香的熏草拴在桂枝上做旌旗，又刻了一只玉鸠（jiū）放在船桅顶端辨别风的方向，因为这种鸟能够知道一年四季的风向。后世船桅上或屋顶上设置的“相风乌”，据说就是仿照玉鸠的模样做成的。

两个人肩靠肩地坐在木筏上，弹那桐琴梓瑟（zǐ sè）。皇娥倚在瑟边唱起歌来，皇娥唱罢，少年又唱，答和她的歌。一唱一和，快乐无穷。

后来皇娥生下一个儿子，叫作少昊，又叫穹桑氏，便是他俩爱情的结晶。

这个神的儿子，长大成人之后，便到东方海外去建立了一个国家，叫作少昊之国，地方大约就在归墟，就是我们后面要讲到的五神山所在的地方。

他建立的这个国家，和别的国家都不相同，他的臣僚百官，尽是各种各样的鸟儿，可说是一个鸟的王国。

在这些官员们当中，有燕子、伯劳、鷃（yàn）雀、锦鸡，分别掌管一年四季的天时，凤凰便做总管官。

又有那五种鸟，掌管国家的政事：鹁鸪（bó gū）每逢天阴要下雨的时候，便把他的妻子赶出巢外，到下雨过了，天晴的时候，又把她呼唤回来，大家认为他既能够管教妻子，一定也能够对父母尽孝道，便委派他掌管教育；鸷鸟相貌威武，性情猛悍，便叫他掌管兵权；布谷鸟在桑树上养了七个儿子，每天喂他们食物，早晨从上面喂到下面，晚上又从下面喂到上面，心地公平，便叫他掌管建筑营造，给众人盖房子，开沟渠，均匀分配，以免大家闹意见；鹰鸟也是威严猛勇，铁面无私，便叫他掌管法律和刑罚；鹘鸠（gǔ jiū）这种形状很像山雀的小鸟儿，整天到晚叽叽喳喳，性情活泼，便叫他管修缮等杂活。

又有五种野鸡，分别管理木工、金工、陶工、皮工、染工五种工程。又有九种扈（hù）鸟，管理农业上的耕种和收获。

在这鸟的王国，朝堂上开会议商量国事的时候那才有趣呢：只看见五色缤纷的毛羽乱飞，只听见一片勾舟磔（zhé）格的声音齐鸣。少昊，那个百鸟的王，坐在朝堂的中央，他的形貌又是怎样的呢？原来他的名字叫“挚”，本身就是一只鸷（zhì）鸟，如鹰鹯（zhān）之类，所以才统领了他的族类，在东方建立了这么一个鸟的王国。

当他在东方鸟的王国做国王的时候，他的侄儿，也就是黄帝的曾孙颛顼（zhuān xū），曾经到这里来看望他，并且帮助他治理国政。这个少年虽然大有才干，年纪毕竟还小，需要娱乐和游戏。做叔叔的少昊，便特地为侄儿制作了琴和瑟，供给他玩耍。后来侄儿长大成人，回他自己的国家去了，琴瑟没有用处，少昊便把它们抛在东海外的大壑（hè）里。说也奇怪，每当夜静月明、碧海无波的时候，从那大壑的深处，就会传来一阵阵悠扬悦耳的琴瑟声音。直到许多年以后，乘船过海的人，偶然还会听见海波中的这种神秘的音乐呢。

少昊在东方建立了鸟的王国，不知道经过了多少年，他又回到西方的故乡去了。在回去的时候，他留下了一个鸟身人脸的名叫重的儿子，做了东方天帝伏羲的属神句（gōu）芒。他本人则带着另外一个名叫该的儿子，就是作为他的属神的金神蓐（rù）收——这蓐收，是人的脸，老虎的爪子，遍身白毛，手里拿了一把大板斧，又是刑罚之神——到西方去做了西方的天帝，父子俩共同管理着西方一万二千里的地方。

二十　颛顼隔断天地的通路

和少昊几乎同时，作为北方天帝而正式出现的一个大神，是颛顼（zhuān xū）。颛顼，是黄帝的曾孙。黄帝的妻子雷祖——就是发明养蚕的嫘（léi）祖——生了昌意；昌意在天庭犯了过错，被贬谪（biǎn zhé）到下方的若水去居住，在那里生了韩流；韩流的形状很是奇怪：长颈子，小耳朵，人的脸，猪的嘴巴，麒麟的身子，两条腿是骈（bián）生在一起的，加上一对猪的足；他娶了淖（zhuō）子氏的女儿阿女做妻子，就生了颛顼。颛顼的形貌，大约也有几分像他的父亲。

当少昊在东方海外建立鸟的王国的时候，幼小的颛顼，曾一度到那里去游玩，并曾帮助他的叔父治理国政。后来长大成人，他就回来，做了北方的天帝。他手下的属神，是海神而兼风神的禺强（yú qiáng）。禺强，又叫玄冥，是黄帝的孙子，论起辈分来，还该是颛顼的父辈，可是他却忠实地做了本领高强的侄儿的部下，毫无怨尤。叔侄俩共同管理着北方积雪寒冰的荒野，一共一万二千里的地方。

黄帝本来是中央的天帝，是神国的最高统治者，大约因为他正心安理得地做着上帝的时候，蚩尤突然带着苗民来反抗，打了好几年仗，后来虽然终归把蚩尤杀死，把事情平定，究竟心里不大痛快，有些厌倦上帝这职务，看见曾孙颛顼办事情很能干，便把中央天帝的宝座一度传让给颛顼，叫他代行神权。

颛顼一登上天帝的宝座，果然表现出他统治宇宙的高强本领，远远胜过他的曾祖父。

他首先做的一件大事情，就是派了大神重和大神黎去把天和地的通路阻隔断。

在这以前，天和地虽然是分开的，但是距离较近，并且也还有道路可以相通。这道路就是各个地方的天梯。天梯固然是为神人、仙人、巫师三种人而设，但下方也有许多勇敢智慧的凡人，凭了他们的智慧和勇敢，也可以攀登天梯，直达天庭。人民有了痛苦，可以直接到天上去向神诉说，神也可以随便到人间来游玩，人和神的界限并不是很严格的。

自从蚩尤领导苗民起来反对黄帝，虽然教黄帝把蚩尤的军队打败，并且杀死了蚩尤的首领，但做天帝的黄帝，对于下方凡人就总是有些不放心，怕他们再受天上“叛神”的引诱，联合众多的民族起来造反，事情就相当麻烦。

颛顼继承黄帝做了中央天帝以后，便把这场变动的教训，时常在心里暗中思考。觉得神和人不分出界限，混居在一起，总是弊多利少，将来难免没有第二个蚩尤起来煽动人们和他作对。于是他便命他的孙子大神重和大神黎去把天和地的通路阻隔断，叫人不能上天，神也不能下地，虽然大家牺牲自由，却可以维持宇宙的秩序并保证安全，应该是公认的好办法。

大神重和大神黎遵命行事，各伸出一双毛毵（sān）毵的硕大无朋的手臂，一个去把天托起来，尽力往上掀；一个去把地按捺住，努力朝下按。这么一来，天就渐渐更往上升，地就渐渐更朝下降，本来是相隔不远的天地，经过大神重和大神黎的掀和按，就相隔得老远老远的了。即使有山和树之类的天梯，也起不了什么作用。

天和地的通路隔断以后，从此大神重就专门管理天，大神黎就专门管理地。管理地的大神黎，到了地上，还生了一个儿子，名叫“噎（yē）”，长着一张人样的脸，没有手臂，两只脚反转过来架在头顶上，在大荒西极日月山上的吴矩（jù）天门中，帮助他的父亲考察日月星辰的行次。

自从隔断了天和地的交通，天上的神偶然还可以私下凡间，地上的人却再也没有法子上天去了，人和神的距离一下子就拉得很远。神只是高高地坐在云端，享受人类的牺牲和献祭，而人类有了痛苦和灾难，神却可以不闻不问，让他们各自去饮泣吞声。

身为上帝的颛顼，对于下方人民的痛苦，确实并不怎么顾念，从他的鬼儿子之多就可以见到一斑。

他有三个儿子，生下不久都死掉了，一个去住在江水，变作疟鬼，散布疟疾病菌给世间，叫人一碰上就会害寒热，打摆子；一个去住在若水，变作魍魉（wǎng liǎng）——这魍魉，形状像三岁的小孩子，红眼睛，长耳朵，黑中透红的身体，一头漂亮的乌油油的头发，最喜欢学人的声音来迷惑人们；还有一个便变作小儿鬼，去住在人家的屋角，专门教人生疮害病和惊吓人家的小孩子。

他还有一个儿子，瘦得只剩一把骨头，最喜欢穿破衣，喝稀粥。在正月三十这天死掉，人们就在这天特地熬了稀粥，扔下破衣，在巷口祭祀他，叫作“送穷鬼”。

除此而外，颛顼还有一个叫作梼杌（táo wù）的儿子，更是凶顽无比。这梼杌，又叫傲狠，又叫难训，据说实际上乃是一只猛兽，形状像老虎而比老虎大得多，遍身长着长毛，有两尺多长，人的脸，老虎的足，猪的嘴巴，从牙齿到尾巴共长一丈八尺，逞着他的野蛮凶暴的性情，任意在荒野之中胡作非为，简直没法制止。

人们因为颛顼有这么多鬼儿子在世间降灾作怪，他的属神禺强从北海迁到南海，由鱼变而为鸟，由海神变为风神的时候，也从风中散播大量的瘟疫病菌给世间，让人们遭殃吃苦，因而人们便把颛顼叫作“疫神帝颛顼”。

这个疫神帝颛顼，却特别喜爱音乐。这大约是幼年从他叔父少昊那里受到的影响，叔父少昊特为他制作了琴瑟。他从小就爱听百鸟婉扬的歌声，深深地受到音乐的熏陶。因此，当他长大成人，登上上帝宝座的时候，就对音乐的发展，采取了一些重要的措施。

一项是：他听见天风吹过的声音，熙熙凄凄锵锵的，好像乐器上奏出的乐音，非常好听，他很喜欢这种风的歌曲，便叫天上的飞龙仿效天风的声音作出八方风的乐曲来，总命名叫“承云之歌”，拿它来奉献给暂时退休的他的曾祖父黄帝，以讨他的欢喜。

另一项是：他制作乐曲制作得起劲了，忽然异想天开，叫猪婆龙来做音乐的倡导者。这猪婆龙，形状像短嘴巴鳄鱼，身体大约有一两丈长，四只脚，背上和尾巴上都披有坚厚的鳞甲，性情懒惰，喜欢睡觉，常把眼睛闭着养神，可是谁要是惹了它，它也会马上给他个不客气。它虽然一向对音乐很是生疏，受了上帝的委任，也不敢违抗，马上乖乖地翻转它的笨大的身躯，躺卧在殿堂上，用它的尾巴来敲打它那凸出来的白而放光的肚皮：咚咚——东东！东东——咚咚！声音非常响亮，颛顼听了高兴万分，便叫猪婆龙做了天上的乐师。

由于颛顼热心提倡音乐，人间也受到影响，直到后世许多年代，人们还拿猪婆龙的皮来蒙鼓，敲起来“嘭嘭嘭”怪带劲的，叫它做“鼍（tuó）鼓”呢。

二十一　共工怒触不周山

在颛顼（zhuān xū）统治宇宙的时期，自然界出现了一些奇特的现象。那时在山林和水泽之间，生长出了一些怪神，他们的形状狞恶，性情凶暴，人们只要一碰上他们，没有不遭殃受害的。例如光山的计蒙神，是个人身龙头的怪物，常在山下一个大池子里游玩，每进出池水，一定就会起狂风，下大雨；又如平逢山的骄虫神，他的脖子上长着两个脑袋，每个脑袋就是一个大蜂窝，让蜜蜂在里面做窝、酿蜜，谁惹了他，他就会放出一群群蜂子来蜇人；再如那常在丰山的清冷之渊游玩、出入放光的耕父神，只要他一出现，国家就会因之而败亡；又如那住在瑶水的形状像牛、八只足、两个脑袋、马的尾巴的无名天神，他出现在哪里哪里就会发生可怕的战争，等等。这些怪神，谁也不知道是怎样生长起来的，据一般人猜想，说不定就是颛顼派他们下凡来监视人们，为的是怕人们不服从他们的统治，造起反来呢。

更显明可见的，就是世间增加了许多恶禽猛兽。有的要吃人，如形状像牛、有四只角的诸怀，羊身人脸、眼睛长在腋窝下的狍鸮（páo è）；有的给人带来旱灾，如六只足、四只翅膀的肥遗蛇；有的给人带来瘟疫，如形状像野鸭而长着老鼠的尾巴的絜（jié）钩鸟；有的给人带来大洪水，如形状像牛、老虎斑纹的软（líng）軨兽；有的给人带来火灾，如形状像鹤、青身子、红斑纹、白嘴壳、足只有一只的毕方鸟，等等。人们都以为它们无疑是颛顼特地放下来残害世间的。

在颛顼统治宇宙时期，最没有道理可讲的，就是他把太阳、月亮和星星都拴在北方的天空上，让它们永远固定在那里，丝毫也不能够移动。这么一来，大地上有的地方永远明亮得连眼睛都睁不开，而有的地方却永远黑暗得伸手不见五指，教人们感到生活非常不便，万分痛苦。

横暴的颛顼，不但用他严酷的专制压迫着大地上的人类，同时也压迫着天上一部分他所不满意的神。

那时北方的水神共工，住在颛顼的附近，不能顺从颛顼的意旨，因而受颛顼的压迫也最是厉害。

后来，共工再也忍受不住颛顼的威压了，就暗中约集同受压迫的天上众神，以自己为盟主，统领天兵天将，突然发难，起来推翻颛顼的统治，夺取他上帝的宝座。

颛顼闻变，虽然惊惶，但是他的手里也还掌握着不可小看的雄厚的实力。于是他点齐兵马，亲自挂帅，前去抵御共工的来袭。

神国的这一场战争自然是很猛烈的，详细经过的情形现在已经不太清楚了，只知道他们从天上打到凡间，一直打到西北方一座叫作不周山的山脚下，双方的军队还在那里鏖（áo）战不息。

这不周山，山形最是奇崛突兀，它恰像一根巨大的柱子，直上云霄，何止万丈，也不生什么苍松翠柏，尽是黄赭色的一层层堆垒上去的峥嵘的岩石。说它像柱，一点也不错，它原本就是一根撑天的柱子，是身为上帝的颛顼维持他宇宙统治的主要凭借之一。现在，双方的军队打到这根天柱下面来了，打得难解难分，无胜无负。

共工见一时不能取胜，陡然怒气发作，猛地一头向不周山碰去。共工在神国，素来以身长力大闻名，不周山这根撑天柱子经他这么一碰，只听得轰隆哗啦一声巨响，霎时间拦腰折断，横坍下来。

天柱既经碰断，整个的宇宙又发生了一场大变动。西北的天空失去撑持，倾斜下来，使本来被拴系而固定在北方天顶的太阳、月亮和星星再也不能在它们原来的位置上站住脚，都不由自主地纷纷挫断系缚，朝着倾斜的西天跑，这样就成就了今天我们所见的日月星辰的运行，解除了当时人们所遭受的白天永远是白天、黑夜永远是黑夜的苦难。另外一方面，东南的大地受了崩山的巨烈震动，也陷下一个其大无比的深坑，从此大川小河的水，也都不由自主地要急急忙忙地朝那儿奔流去，就成了今天我们所见的海洋。

颛顼所统治的宇宙，就这么给共工的一怒所摧毁，整个世界也顿然为之改观了。

二十二　归墟五神山和龙伯国大人

共工怒触不周山。使东南的大地陷下一个深坑，大川小河的水都往那儿流，形成了海洋。

人们也许会发愁：大川小河的水，这么天天向海洋灌注，难道海洋就没有涨满的一天吗？如果涨满了，海水溢出来，怎么办呢，人类岂不是又要遭祸殃吗？

请不要发愁。原来在渤海的东边，不知道几亿万里的地方，有这么一个大壑，这个大壑简直深得没底，名叫“归墟”。百川海洋的水，通通往这儿流，归墟里面的水，却总保持着平常的状态，既不增加，也不减少。——哦，既然有这么个无底大壑来容纳百川海洋的水，当然就用不着我们发愁了。

归墟里面，有五座神山，就是岱舆（dài yú）、员峤、方壶、瀛洲、蓬莱。每座神山高有三万里，周围也是三万里。山和山的距离是七万里。山上有黄金打造的宫殿，白玉筑成的栏杆，神仙们安乐地住在这里。那上面所有的飞禽走兽都是白色。到处都生长着珍珠和美玉的树，这些树也开花也结果子，结的果子就是美玉和珍珠，味道很不错，吃了可以长生不老。仙人们都穿着纯白的衣裳，背上生有小小的翅膀。常见这些小仙人，在大海上面，在碧蓝的高空中，像鸟一样自由地飞翔着，往返于五座神山之间，探望他们的亲戚朋友。仙人们的生活委实是快乐而幸福的。

在快乐幸福的生活中，就只有一桩事情不妙：原来这五座神山，都是漂浮在大海中的，下面没有生根，一遇风波，便会漂流无定，这对于神仙们彼此往来，很是不便。

有了这样的困难，他们就派代表到天帝那里去诉苦。

天帝知道了这种情由，心里忖（cǔn）度了一下：神山漂流无定倒是小事，假如一旦风波过大，使无根的神山漂流到北极去，沉没在大海里，仙人们失掉了居住的地方，却很可虑。因此命令北海的海神禺强（yú qiáng），赶快替诸仙想个妥善的办法。

这禺强，是天帝嫡亲的孙儿，既是北海的海神，又兼北海的风神。当他以海神的姿态出现的时候，他就是人的脸、鱼的身子，有手有脚；当他以风神的姿态出现的时候，他就是人的脸、鸟的身子。他为什么一会儿是鱼身，一会儿又是鸟身呢？原来他本是北海里的一条大鱼，名叫作“鲲”，其实就是鲸。这鲸之大，简直就不知道大到好几千里。每年冬天，当海潮运转的时候，他就会摇身一变，变作一只大鸟，名叫作“鹏”，其实就是一只凶猛的大凤，单拿他的背来说，那宽广也不知道有好几千里。那时，他就扇动着他的一对大翅膀，鼓起蓬蓬的猛烈无比的巨风，从北海迁到南海去居住。他所经过的地方，风里面总是带着大量的疫疠和病毒，人们遇上它就会生疮害病，甚至死亡。

这海神而兼风神的禺强，接受了天帝的命令，丝毫不敢怠慢，连忙调遣了十五只大黑乌龟到归墟去，把五座神山用头顶起来。它们分为五组，三个一组，一个顶着，其余的两个便在下面守候着，每六万年交替一次，轮流负担。

顶神山的乌龟们，做这种工作，并不非常老实。有时，它们顶着顶着也会突然兴致发作，大伙儿一起，在沧海中拍着它们的脚爪，快乐地舞蹈起来。这种无益的游戏，当然会使神山上的仙人们小小受点苦恼，但比起先前所受的风波漂流之苦，也算不得什么了。仙人们都欢喜无尽，又幸福平安地过了若干万年。不料有一年，却被龙伯国的一个大人来搞了一次无心的捣乱，又使得仙人们遭受了一场天大的祸殃。

龙伯国原来是一个大人国，位于昆仑山北方不知道几亿万里的地方。这国家的人大约都是龙的种族，所以称为“龙伯”。且说其中有个龙伯国的大人，因为他闲着没事干，闷得心慌，就带了一根钓竿，到东方海外的大洋中去钓鱼。他的两只脚刚一下水，就到了归墟五神山的地方；再走几步，五座神山就给他周游遍了。他举起钓竿来一钓，啊呀，接二连三地，便被他钓上来了六只长久没有吃食物的大乌龟。他也不管三七二十一，把乌龟背在背上，就朝家里跑；回到家里还把六只乌龟的壳都剥了下来，作占卦用呢。可怜岱舆和员峤两座神山，因此漂流到北极，沉没在大海里，累得两座神山上的仙人们，都慌慌忙忙地搬家，带着一切家具什物在空中飞来飞去，流着一头大汗。

天帝知道了这回事情，大发雷霆，便使出他伟大的神力，把龙伯国的土地尽量削小，把龙伯国人的身子尽量缩短，以免他们再出去到处惹祸。到若干年代以后，这一国人的身量已经缩短到无可再短了，但据当时一般人看来，他们也都还有好几十丈长呢。

归墟里五座神山，沉没了两座，只剩蓬莱、方丈（即方壶）和瀛洲三座，仍叫那些大乌龟好好地用它们的头顶着。乌龟们自从受了龙伯国大人的教训以后，确也老实安静多了。它们一直轮流顶着神山，再没听说出过什么乱子。

二十三　龙狗盘瓠娶公主为妻

黄帝的著名子孙当中，除开颛顼做了北方的天帝并且一度做了中央的天帝之外，还有帝喾（kù），也是很著名的。他第一个做了下方的人王，奠定了国家的基业。他的名字叫夋（jùn），又叫高辛，人们都叫他高辛王。

高辛王当国的时候，有一年，大耳朵的皇后娘娘忽然得了耳痛病，整整痛了三年，百般医治，没有效验。后来从耳朵里挑出一条金虫，大约有三寸左右长。虫一挑出来，耳痛病居然一下子就好了。

大耳朵皇后觉得奇怪，便把这条虫用瓠（hù）篱盛着，又用盘子盖着，并且还亲自拿黑饭来喂它。

喂呀喂的，盘子里的虫忽然变作一只龙狗，遍身锦绣，五色斑斓，毫光闪闪，从头到尾足长一丈二尺。因为是从盘子和瓠篱里变出来的，所以取名叫作“盘瓠”。

高辛王见了这狗，非常欢喜，行坐随身，寸步不离。

那时忽有房王作乱，高辛王忧虑国家危亡，便向群臣说道：“若是有人能斩房王的头来献的，愿把公主嫁给他。”群臣看见房王兵强马壮，料难获胜，都不敢去冒这生命的危险。

说话这天，宫廷里忽然不见了盘瓠，大家都不知道这狗究竟跑到哪里去了，一连找了好儿天，都杳（yǎo）无踪影。高辛王深以为怪。

却说盘瓠离了宫廷，直向房王的军营奔去。房王的军营，驻扎在海水的那边。盘瓠跑到海边，摇身一变，变作一条张牙舞爪、威风十足的龙，浮过奔腾的大海，跳上海岸，依旧变还原形。

盘瓠直到房王军中，见了房王，又是摇头，又是摆尾巴，哄得房王高兴非常。

“高辛氏怕快灭亡了吧，”房王向他左右的臣僚说，“连他的狗都跑来投奔我，看来我是当兴了。”

于是房王大张宴会，为这只狗的投奔作乐志庆。那天晚上，欢乐的房王喝得沉沉大醉，睡在中军帐中。盘瓠趁这时机，猛去咬下房王的头，背在背上，奔回王宫。

一支追兵，各人手里拿着明晃晃的武器，在后面紧紧不舍地追赶过来。

盘瓠奔到大海边，忽地纵身一跃，又变作一条须髯奋张、甲光闪闪的龙，腾云驾雾，飞过了海涛澎湃的上空。追兵们但见眼面前云雾阻隔，却不见盘瓠的踪影，只得垂头丧气地回去了。

高辛王那天坐朝，忽然看见爱犬衔了敌人的头跑回宫来，不禁大喜过望，便叫人收去人头，多拿些剁得细细的肉酱来喂它。哪知道盘瓠只把鼻头向盆边嗅了嗅，呜呜地叫了两三声，便走开了。从此它便闷恹恹地去睡在屋角，不吃东西，也不活动，高辛王呼唤它，它也不起来，就这么过了好几天。

高辛王心里难过，想起先前许婚的诺言，便去朝堂上和群臣商议。群臣都说：“盘瓠是畜生，怎能拿公主嫁给它呢？”公主却启奏高辛王说：“大王既然把许婚的事明白宣布，让天下的人都知道了，如今盘瓠杀敌有功，为国家除了大害，大王就该说话算数，实践诺言。要是为了爱惜一个女子的微小身躯，对天下的人丧失信用，那将会给国家带来无穷祸患的啊！”

高辛王虽然觉得公主说的话不错，总还是有些犹豫不决，便又去向盘瓠说："狗啊，你为什么既不肯吃东西，呼唤也不起来呢？莫不是想要得到公主为妻，恨我不践诺言吗？并不是我不践诺言，实在是因为狗和人是不可以结婚的啊！"

盘瓠登时口吐人言，说道："王啊，请不要忧虑，你只要将我罩在金钟里面，七天七夜后，我就可以变成人。"

高辛王听了这话，深觉诧异；果然将盘瓠罩在金钟里面，看它怎么变化。一天、两天、三天……过去了，没有什么动静，到第六天，期待结婚的多情的公主怕它饿死，悄悄打开金钟一看：盘瓠全身都变成了人，只留一个狗头没有来得及变，但是因为被人看见了，从此再也不能变了。

于是盘瓠从金钟里跳出来，披上大衣，公主则戴了狗头帽，他俩就在皇宫里结了婚。

结婚以后，盘瓠带着妻子，到南山去，住在人迹罕至的深山的崖洞中。公主脱下华贵的衣裳，穿上庶民百姓的服装，亲身劳作，毫无怨言。盘瓠则每天出去打猎，以此为生。夫妇俩和睦幸福地过日子。几年以后，夫妇俩生下三男一女，于是带着儿女们回去看望外公、外婆。

孩子们都还没有姓氏，就请高辛王赐给他们姓。大儿子生下来是盘子装的，就赐姓为“盘”；二儿子生下来是用篮子装的，就赐姓为“蓝”；只有三儿想不出赐什么姓好，适逢天上有轰轰的雷声响过，便赐姓为“雷”。小女儿长大成人，招了个勇敢的兵士做女婿，跟着丈夫的姓，姓了“钟”。蓝、雷、盘、钟四姓，互相婚配，后来子孙繁衍，成为国族，大家都奉盘瓠为他们共同的老祖宗。

二十四 简狄吞了燕子蛋

高辛王当国的时候，北方的有娀（sōng）族，是一个强大的氏族，常常侵犯边境。氏族的酋长，有两个女儿，大的一个叫简狄，小的一个叫建疵（cī），都生得美丽非凡。高辛王听说这两个姑娘端庄美丽，更为了睦邻友好，就娶她们做了妻子。

在宫中，高辛王特地为她们修造了一座九重高的瑶台，让她们在台上居住。每到吃饭的时候，还叫人在旁边敲钟击鼓，使她们心情舒畅。因此两个姑娘虽然幽居在异国的深宫中，倒也快乐而无忧，并不觉得有什么不自由。

高辛王关心她们，还经常派遣一只燕子去看她们的生活过得怎样。有一天，两个姑娘正在瑶台上游戏，那只黑色的活泼泼的燕儿又飞来了。它嗌（yì）嗌地鸣叫着，绕着她们的头顶回翔飞旋着。两个天真烂漫的姑娘被燕儿逗弄得兴致勃发，一个拿着张罗帕，一个拿着只玉筐，争着去扑那燕儿。

燕儿忽而高飞，忽而低翔，忽而斜颠颠地颤动着尾巴急飞过去，有时在画栋，有时在雕梁，有时又在栏杆，或隐或现，时出时没，逗弄得两个追扑燕儿的姑娘，气喘吁吁，汗珠淋漓，脸朵儿红得像朝霞。

“呀，妹妹，我扑到了！我扑到了！”

拿玉筐的一个，叫简狄，紧紧按捺住玉筐，狂喜地这么说。

妹妹建疵不相信，红着脸跑过来，要掀开玉筐，看个究竟。姐姐怕燕儿逃跑，不给她掀，妹妹却偏要掀，姐妹俩嘻嘻哈哈争闹起来。玉筐终于给妹妹掀开一条缝，那黑色的燕儿像离弦的箭，斜刺里冲向天空，向北方飞逃了去，再也不回来了。玉筐下面却遗留下两个小小的可爱的五色斑斓的蛋。

姐妹俩见燕儿飞了去，只好悲哀失望地歌唱道：

“燕燕儿飞去了，燕燕儿飞去了！”

这支歌后来在民间流传开来，就成为北方最初的一首乐歌。

简狄喜爱这两个五色斑斓的燕儿蛋，时常把它们含在嘴里玩，一个不留心，滑下去吞在肚里，就怀孕生了一个儿子，叫“契”，他就是后来殷民族的始祖。据说他是裂开他母亲的肚子生出来的，所以取名契，“契”就是“刻”和“开”的意思。

契长大成人，就在尧帝和舜帝手下做掌管教育的官，还帮助大禹治理过洪水，对人民很有功劳。他的子孙纪念他的功德，因为他是天上玄鸟即燕子传下的后代，都尊称他做“玄王”。

二十五 寒冰上的弃儿

高辛王的另外一个妻子，是西方有邰（yǒu tái）氏的姑娘，名叫姜嫄（yuán）。姜嫄结婚许久，一直没有儿子，这使她的心里未免有些忧闷。

她决定到王城近郊的高禖（méi）神庙去，祈求神灵保佑，赐给她一个儿子。

她带着宫女们一道去了，并且诚心诚意地向掌管婚姻和子息的女神祈求过了，她觉得神已经应允了她的请求，于是她就满怀希望，快快乐乐地回来。

她走到一个池沼的旁边，发现新雨过后润湿的地面上，有一个很大很大的大人足印。她又是惊异，又是觉得好玩，便想试用自己的足去踏在这大人的足印上，比一比大小的差别究竟有多大。哪知道大人的足印实在太大了，她的足踏不满，刚刚踏到大脚趾的地方，精神上就仿佛受了一种什么感动。

她带着异样的心情回到王宫，也不敢把这事告诉她的丈夫。回来不久，她就怀了孕。她起初还非常高兴，哪知到时候却生下一个怪胎：既不是猫，也不是狗，而是一个圆圆的肉球。

她害怕了，便叫人把肉球暗地里抛在宫墙外的小巷里。抛肉球的人回来，讲起一桩奇怪事儿：肉球抛在路上，过路的牛羊都小心谨慎绕着道儿走，生怕踩伤了它。

她听了半信半疑地说："既是这么，就把它抛远点，抛到山林里去吧。"

不久，那人又捧着肉球愁眉苦脸地回来说：

"不成。正要抛它的时候，山林里来了许多砍树的人，正闹哄哄地干活，给他们看见了可不好。"

她狠了狠心，说：

"那就抛它到池子里去吧。"

那人就带着肉球，到姜嫄踩过大人足印的那个大池沼边去，双手拿着肉球，用尽力气往池里一抛——"咚"的一声，他以为这下准可以完事了。

哪知肉球刚抛下水，霎时天上彤（tóng）云密布，寒风凛冽，整个池子忽然一下子都结了冰。那肉球就冻凝在寒冰上面，没有沉下去。

这人站在池岸边，眼愣愣地看着这奇景，一时不知道怎么才好，连身上的寒冷都忘记了。

看着看着，忽然有一只大鸟，从天边飞来，绕着寒冰上的肉球回翔悲鸣。它终于落在肉球旁边，用一只翅膀盖在肉球上面，一只翅膀垫在肉球下面使它温暖，恰像母亲怀抱爱儿一般。这人看了，更是觉得惊奇。

他再也忍耐不住，就踏着坚硬的冰层到池心去看个究竟。

大鸟见有人走来，“嘎”地怪叫了一声，丢开肉球，从池面飞起，向着高高的天空边飞边叫，一直飞远去了。

大鸟刚刚飞去，就听见“呱呱”的孩子哭泣声从肉球当中传来。

这人走近前去一看，肉球已经像蛋壳般地裂开，一个胖壮结实的冻红了的小婴孩，正躺在裂开的肉球里舞动着他的小手小足呢。

这人又是惊讶，又是欢喜，赶紧把小婴儿抱起来，用衣裳包裹着他，小心翼翼地带回去给他的母亲。

母亲得到这个被抛弃而又回来的婴儿，当然是喜出望外，就尽心竭力地养育着他，使他长大成人。因为他曾经被抛弃过，就给他取个名字叫“弃”。这弃，就是后来周民族的祖先，他从小就喜欢农艺，长大后教人民栽种五谷的方法，所以他的子孙又尊称他做“后稷（jì）”。

后稷小时候就有远大的志向。他做游戏，总是喜欢把那野生的麦子、谷子、大豆、高粱以及各种瓜果的种子采集起来，用小手儿亲自种到地里。后来五谷瓜豆成熟了，结的果实跟野生的比起来，显得又肥又大，又甜又香，分外不同。

等到后稷长大成人，他开始用木头和石块制造了几样简单的农具，教导人们耕田种地。原先靠打猎和采集野果过活的人，有时免不了就要挨饿，自从从后稷那里学会了耕种，日子便比以前过得好了。渐渐大家都信服了后稷在农业上的成就，于是耕种的事儿——这件新鲜的有意义的劳动，就首先在后稷母亲的家乡有部流传开来，后来更流行到全国各地。继承高辛王做国君的尧知道了后稷的工作成绩，就聘请后稷来做了农师，要他指导全国人民在农业方面的各种工作。后来继承尧做国君的舜，还把有部这个地方封给后稷，做他和他的人民的农业试验场。

这个具有神性的英雄，传说他曾经到天上去，把天上百谷的种子带到人间来，让人们将它们撒播在大地上，使遍野都长出最美好的农作物来，从此以后，人们吃穿不愁，生活过得更丰裕了。

后稷有一个弟弟，叫台玺（xǐ），台玺生了一个儿子，叫叔均，他们都是农业上的能手。叔均还发明了用牛力来代替人力耕种的方法，更把农业向前大大地推进了一步。

后稷死了以后，人民为了纪念他的功德，就把他埋葬在一个山环水绕、风景美好的地方，这地方就是有名的都广之野，神人们上下往来的天梯建木就在它的附近。这真是一片肥沃的原野，各种各样的谷物在这里自然生长，米粒白滑得像脂膏，还有鸾鸟唱歌、凤凰跳舞种种奇妙的景象，真可说就是地上的乐园。

直到现在山西闻喜县稷（jì）王山还出产一种五色石子，这些石子有像麦粒的，有像玉蜀黍（shǔ shǔ）的，有像西瓜、南瓜子的，也有像豇豆、绿豆、刀豆的……种种形状，无不齐备。人们把这些石子叫作“五谷石”，据说，这就是后稷和他的母亲姜嫄教人民播种五谷，遗留下的种子变成的。

二十六　尧和他的臣子们

尧是高辛王最小的一个儿子，后来却继承他做了国君。提起尧，谁都知道他是历史上出名的节俭、朴素、顾念人民的好国君。在他左右办事的，差不多全是一些有名的贤臣：如像后稷做农师；倕（chuí）做工师；皋陶（gāo yáo）做法官；夔（kuí）做乐官；舜（shùn）做司徒，掌管教育；契做司马，掌管军政……这些人的身上，都具有很多神性。

例如做法官的皋陶，首先他的状貌就很奇特：他的脸色青中带绿，好像刚削下来的瓜皮；嘴巴长长地伸出来，像马嘴巴。可是他当法官，可真是精明干练，铁面无私，无论什么疑难的案子到他手里，他都能马上弄它个一清二楚，决不含糊。

原来他养有一只独角神羊，叫作“獬豸（xiè zhì）”

的，替他效了很大的劳。这羊长着青色的长毛，身躯庞大，有点像熊，夏天住在水泽边上，冬天住在松柏林里，性情极忠耿正直。看见人有争端，总是用它的角去触那没道理的一方。

马嘴皋陶审问案件，只消把争论的双方叫上堂来，命这羊用角向下面触去，谁是谁非，谁有理谁没理，一下子全都明白了，真是再简单省事不过。所以他对于这只替他效劳的神羊，看得比什么还宝贵，进进出出都忘不了要去照看他的羊。

又如做乐官的夔，据说只有一只脚，他和住在东海流波山的独脚夔牛，似乎也有一点远亲关系。他做了尧的乐官以后，就仿效山川溪谷的声音，作了一支乐曲，叫作《大章》，人们听了他这乐曲，都自然心平气和，减少了许多无谓的争端。

他又常拿一些石块和石片来敲打得啪啪作响。说也奇怪，这种简单的音乐，竟比天上最美妙的音乐还动人心魄。以至据说各种各样的飞禽走兽，只要一听见夔在拿石块石片敲打奏乐了，都会应和着他这音乐的节拍很有劲地跳起舞来。

尧做国君做了很多年，在他的晚年，秖（zhī）支国献来了一只重明鸟。

这重明鸟，又叫双睛鸟，一只眼睛里面生有两个瞳子，形状像鸡，鸣叫的声音像凤凰，时常把羽毛解落下来，光着身子在天空中飞翔。

这鸟能够驱妖除怪，赶逐豺狼虎豹。不吃别的东西，只吃点玉膏。

秖支国人把它献来之后，它眷恋着家乡，不久仍然又飞回去了。以后它或者一年来好几次，或者好几年都不来。

人们都非常盼望重明鸟飞来，时常洒扫门户，表示对它欢迎。它没有来的时候，人们便拿木头或金属刻铸成它的形状，安置在门户上面，据说这么一来，妖魔鬼怪见了就会害怕，只好远远地逃避开去。

当时槐山有一个采药的老汉，名叫偓佺（wò quán），因为常吃仙药，身上遍长白毛，两只眼睛都吃成了方形；年纪虽老，却身轻体健，就连那飞跑的马都能逮住。

他看见做天子的尧整天到晚操劳国事，愁眉双锁，好像是个“八”字，并且身体也很羸（léi）瘦，他心里可怜他，便把山上采来的松子，带下山去送些给他，并告诉他服食的方法。

尧承领了采药老汉的好意，可是因为国事忙碌，实在没工夫去吃那松子；据说当时有别的人得到松子吃的，他们的寿命都活到了两三百岁，而尧呢，才活了一百多岁就死了。

尧这么劳心焦思地替人民办事，可是当时也还有并不感谢他的怪人。

有这么一个老汉，年纪已经八十多岁了，在大路上做丢木块的游戏。这种游戏，叫作“击壤”：就是拿两只削成上尖下阔、形状像鞋子的木块，一块放在地上，一块握在手里，站在三四十步远的地方，把手里的木块向地上的木块掷去，打中的就算赢。

老汉正在那里玩这种游戏，玩得很起劲，观众当中忽然有人发出感叹的声音，说：

“啊，真伟大呀，我们国君尧的圣德，竟广被（pī）到这个老头子的身上来了。”

老汉听了这话，很不以为然，便把眼睛向那人一睖（lèng），气呼呼地说：

“我真不懂你说这话的意思。每天早上太阳出来我就开始工作，到太阳落山我才休息，我自己凿了井来喝水，自己耕了田来吃饭，请问尧对于我又有什么恩德呢？”

那人给这么一问，一时竟找不出话来回答。

二十七　荒唐的丹朱

尧有十个儿子，十个儿子当中，丹朱是年纪最大的一个，可也是最不成器的一个。

丹朱为人，骄傲暴虐，常常喜欢和伙伴们带了随从臣仆，到各地去漫游，稍不顺意，就要大发脾气，虐待他的臣下。

那时候洪水为害，弥漫天下，丹朱出去游玩，总是坐了船去。他渐渐习惯于水上的生活，对于人民的痛苦无动于衷，倒是觉得坐着船出去东游西荡很有意思。

后来洪水给大禹治理平息了，有些地方水浅，不能通船，任性的丹朱却还要不分昼夜地叫人替他推着船走，把这叫作“陆地行舟”。船在泥沙和水草之间摩擦着，颠簸着，发出咯噔咯噔的声响，推船的人在喘气流汗，丹朱和他的伙伴们却哈哈大笑，脸上现出心满意得的神情。

有时他们干脆就关起门来，在家里胡闹，什么坏事都干得出来，闹得真不像话。

丹朱的弟弟们见哥哥这样任性胡为，也都不服他的管教，弟兄们时常内部起讧（hòng），纷争不休。

尧看见丹朱性情太乖张，教育无效，心里暗中焦急。他因此创制了“围棋”这种游戏来教给丹朱，希望潜移默化丹朱的性情，使他能够改邪归正。

哪知道丹朱对于围棋这玩意儿，起初还觉得新鲜有趣，曾经专心致志去研究它。到玩了一些时候，他就觉得有些腻味，终于还是扔开它，仍旧和他的那帮朋友胡闹去。

尧知道丹朱实在没法担当国家的重任，便决定把国君的位置禅让给舜。又怕丹朱不服，聚集他那帮恶朋歹友从中捣乱，便颁下诏命，把丹朱放逐到南方的丹水去做诸侯，由后稷监督着，克日动身起程。

那时住在中原的一个叫作“三苗”的部族，和丹朱的关系很好，对于尧想把天下让给舜这件事，很不以为然，首先起来反对尧。

正直的尧，并不因为三苗的反对而改变他的政治主张，马上派遣军队前去攻打，三苗的首领抵抗不住正义的王师力量，终于被擒伏诛。

剩下的三苗部众，便只好携儿带女，随同着被放逐的丹朱，远徙到南方去。他们在丹朱放逐地的丹水附近定居下来。

他们在南方定居不久，势力又渐渐强大，于是和满肚子怨气的丹朱联合在一起，以丹朱为首，酝酿着再度进攻中原，推翻尧的统治，彼此平分天下。

哪知道事机不密，情况传到尧的耳朵里，智量高远并且勇敢坚毅的尧，早已料到有此一着，于是不慌不忙，调兵遣将，亲自挂帅，统领大军到南方去消灭乱事。

丹朱和三苗的联盟，准备还没有十分停当，听说尧的大军开来，只好手忙足乱，整顿旗鼓，迎住来师。

父子俩的军队，就在丹水上大战一场。

丹朱习惯于水上生活，就由他统率水军。他所统率的水军，一个个都能在水面上行走，快步如飞。原来丹水里出产一种鱼，名叫“丹鱼”，这鱼每到夏至前十天，便常从水底浮游到岸边来，鳞甲红光闪闪，夜晚望去，就像火焰一般，那时赶紧撒下网把它们捕捉了来，割取它们的血，涂在足上，就可以涉水如履平地。丹朱的水军人人都有这种本领。所以战争开始，尧在水军这方面，竟不是儿子的敌手，接连吃了几个败仗，很受了一些损失。

幸而由三苗统率的陆军，除了勇悍以外，没有别的特殊技能，因此尧的军队在陆地上就能对付三苗的军队而绰绰有余。终于，靠了他的智谋和当地人民的帮助，尧首先击溃了三苗的陆军，使他们不能和丹朱的水军配合作战，然后再用谋略把丹朱的水军也一并击溃，于是这场看来声势相当浩大的叛乱，便再度被尧平息了。

失败的丹朱，带着他少数的部众，落荒逃走，一直逃到南海。对着茫茫的大海，进既不能，退也无路，觉得自己再没有脸面活在世间，就跳海死了。死后他的魂灵变化作了一只鸟，这鸟的名字就叫“鴸（zhū）”，形状像猫头鹰，一对脚爪却像人的手。它出现在哪里，哪里的“士”就将要被放逐。

他的子孙，聚居在南海的附近，渐渐成为一个国家，叫讙（huān）头国或讙朱国。这些人的相貌长得很特别：人的脸，鸟的嘴壳，常用他们的鸟嘴在海滨捕鱼；背上长有翅膀，却不能飞，只能当作拐杖扶着走路。

谨头国的附近便是三苗国，就是和丹朱一同造反失败的三苗的子孙聚居于此而成国的。一国的人也都生有翅膀，翅膀生在腋下，很小，也只能点缀观瞻而不能飞行。

二十八 舜在历山用大象耕田

尧在位的时候，妫（guī）水边上一个普通农民的家庭里，有天忽然诞生了一个婴儿，取名叫舜（shùn）。孩子生下来不久，妈妈就死了，瞎眼的爹爹瞽（gǔ）叟另外又娶了一个妻子，生了一个儿子，名叫象；又生了一个女儿，名叫敤（kē）手。家庭里从此常起风波，很不平静。

原来瞽叟是个脑筋糊涂、遇事不讲道理的人。正因为糊涂，便单单宠爱后妻和后妻的儿女，把前妻生的儿子舜看作了眼中钉。后母更是心地狭小，泼辣凶悍，难惹难犯。弟弟象的秉性也和后母差不多，非常粗野和骄傲，全然不把哥哥放在眼里。只有小妹妹敤手虽然也有些坏习性，但心地还是善良的，并不像后母和弟弟那么坏。

可怜的舜，常受父母的毒打，他只好逃避到荒野里去，向着苍天痛哭号啕，呼唤他那死去的亲娘……

后母生的弟弟象性情顽劣，喜怒无常。舜侍候象不知吃了多少苦头。只有象高兴时，后母高兴了，他才高兴；象愁闷时他就发慌，因为他担心后母的棍子又会落到他的头上。

舜渐渐长大成人，在家里实在待不下去了，只好一个人单独分居到外面，在妫水附近的历山脚下，结上一两间茅草屋，开了一点点荒地，独自谋生。

舜这小伙子并不是孱（chán）懦无能之辈。他，八尺多长的身个，身体很结实，黑里透红的脸膛，脸上常带着勇敢、坚定而又憨厚的微笑，教人一见就发生好感。虽说一个人单独生活，但是不消多久，他就用他勤劳的双手，披荆斩棘，在荒山野地创建起了一片基业来。

那时山林里还常有野象出没，舜用巧妙的方法，捕获了一头幼象，他便把这象来调教驯服，做他农事上的助手。象的力气既大，又能做各种各样的工作，如犁田呀，挽车呀，驮东西呀，卷木头呀，等等。舜有了象的帮助，他的事业就更发展了。

他不论做什么事，总是把顶艰苦的担当起来，又肯尽力帮助人，人们都受他的感化。因此，他在历山耕种没有多久，历山的农人都争着让起田界来。他又到雷泽去打鱼，过了没有多久，雷泽的渔夫也都争着让起渔场来。他又到河滨去做陶器，没有多久，河滨陶工做的陶器也都又美观又耐用了。

舜到的地方，人们都喜欢来靠近他，这地方一年就会成为小小的村庄，再过一年就会成为较大的城镇，到第三年就会变成都会，真可说是难以理解的事。

尧渐渐老了，他的儿子丹朱又不成器，他开始寻访天下的贤人，准备把天子的位置禅让给他。大族长们都推荐舜，说舜既贤能又有才干，可以接替尧的位置。

于是尧就把他的两个女儿一个叫娥皇、一个叫女英的嫁给舜做妻子，又叫他的九个儿子和舜在一块共同生活，看舜是不是真正有德行和才干。同时尧又拿细葛布衣裳和琴来赐给舜，又叫人替舜修了几间谷仓，还给了他一群牛羊。

原来是普通农民的舜，这下子做了尧帝的女婿，骤然间生活好起来了。

瞎老汉一家人听见他们素来讨厌的舜平地升天，又富又贵，一个个嫉妒得咬牙切齿，万分难受。

可是舜却不像他的家属那样记念旧恨，结婚以后，他就亲自带着新媳妇去看望他的父母和弟妹，给他们送礼物，和他们和好如初，并不因为富贵就骄傲起来。他的两个妻子，也丝毫没有一点贵族姑娘的架子，对待公婆，又恭敬，又和顺。但这些都没有能够消除瞎老汉一家人对于舜的嫉恨。

二十九　舜的弟弟象想害死哥哥

家人当中嫉恨舜最厉害的，要算是舜的弟弟象了。

原来舜的两个妻子，都很美丽，使象羡慕万分。他总想设下一个什么计谋，把哥哥害死，夺过两个嫂嫂，做自己的老婆。象的母亲当然没话可说，完全同意儿子的打算。糊涂的瞽叟呢，对舜素来没有好感，只偏信老太婆的话，又羡慕舜的财产，也同意设法害死他，并吞他的家财。

几个人像地洞里的老鼠一样，唧唧哝哝在家里商量了个通宵，暗害舜的圈套就这么布置了下来。

“哥哥，爹叫你明天去帮他修一修谷仓，早点来啊！”一天下午，象到舜的家里，这么说。

“噢，知道了，明天一定早来。”正在屋门前堆麦垛的舜，愉快地回答说。

象去了，娥皇和女英从屋子里走出来，问舜是什么事。

“爹要我明天一早去帮他修谷仓。”舜告诉她们说。

“你可不能去呀，他们要烧死你呢。”

“怎么办呢？”舜惶惑了，“爹叫做的事，不去也是说不过去的呀！”

娥皇和女英想了一想，说：“不要紧，去吧，明天你把旧衣服脱下来，我们另外给你一件新衣服，穿了去就不怕了。”

到第二天，她们从嫁箱里拿出一套五色斑斓、画着鸟形彩纹的衣服来给舜穿上。舜穿了这身花衣服，就去给父亲修谷仓。

他的母亲和弟弟看见舜穿了花衣服前来送死，心里暗暗好笑，可是表面上却装得假意殷勤。

他们欢欢喜喜地接待着舜，替他扛了梯子，引导他到一座高高的菌子形的朽坏的谷仓上面去。

舜沿着梯子，爬上谷仓顶，老老实实地在那里干起活来。

他们按照预先安排好的计划，马上抽掉梯子，在谷仓下面，有的堆柴禾，有的寻火把，要烧死他们共同嫉恨的人。

“爹爹，爹爹，你们这是在干什么呀？”站在谷仓顶上下不来的舜想起了妻子告诫他的话，发急地问道。

“孩子，”舜的后母恶毒地应声说，“让你上天堂去呀，去和你那亲娘住在一块呀，哈哈，哈哈……”

“哈哈，哈哈，哈哈……”瞎子爹也点头摆脑地傻笑着。

象一面在谷仓下面点火，一面开心地大笑：“哈哈，哈哈……这下你可逃不了了——我怕你还能飞上天去！”

谷仓的四周，熊熊的大火已经燃烧起来，舜在谷仓顶上早已看到父母和弟弟要放火烧死他，他想到自己的妻子的话，看看身上的新衣服，祝祷这件新衣服能够救出自己，便张开两手想向下跳。说也奇怪，就在这一张开手臂、露出新衣服上全部鸟形彩纹来的顷刻，舜在火光和烟焰当中，就变作了一只大鸟，嘎嘎地鸣叫着，直朝天空飞去。

家里人一见这种意想不到的变化光景，一个个都在下面惊得目瞪口呆，半晌不能动弹。

一次阴谋失败，他们还不甘心，又布置下了第二次阴谋。

这一回是瞎子爹亲自出马。“儿呀，那回事情一家人真是做得万分糊涂，务必请你原谅……”瞎爹坐在舜的家门前，把手里的竹棍敲着阶沿石，老着脸皮这么说。“现在爹又要劳你神去帮忙淘一淘井，你可一定要来，别多爹的心哟！”

“爹放心，明天我一定来。”舜温和地说。

爹去了，舜把爹的来意告诉了他的两个妻子。妻子们都向他说：“这一回也是凶多吉少。但是，不要紧，你去吧。”到第二天，便给舜一件画着龙形彩纹的衣服，叫他穿在旧衣服里面，到了危急时候，只消脱去旧衣服，自然就有奇迹发生。

舜照着妻子们的嘱咐，把龙纹衣服穿在旧衣服里面，去给瞎眼爹淘井。他们一见舜穿的并不是奇装异服，都暗暗称心，以为这一回倒霉的舜是必死无疑了。

舜带着工具，让人用绳子吊着，下到深井里面去。哪知道刚一下去，绳子就被割断了，接着，不由分说，乒乒乓乓地一阵石头、泥块，从上面倾倒下来。曾经吃亏上当而变得机警的舜，赶忙脱去了外面的旧衣服，于是，他就立刻变成了一条披着鳞甲、银光闪闪的龙，钻进地下的泉水去，逍遥自在地浮游着，然后从另外一眼井里钻了出来。

家人们填满了井，在井上用脚踏着，蹬着，欢天喜地地大叫大跳着，以为仇人终于毙命，大功终于告成。一家人闹闹嚷嚷，去到舜的家，准备接收他的财产和夺取他的妻子。小妹妹敤手也跟了去看热闹。

凶信报到，两个嫂嫂一点不吃惊，好像没事的人一样，转身回到后面的屋子里去了。得意忘形的弟弟象却正在堂屋里和爹妈商量着分配舜的财产。

“主意本来是我出的，”象张开他那张丑陋的蛤蟆形的嘴巴，指手画脚地说，“照理财产我该多得一份，可是我什么都不要。牛羊分给爹妈，田地房屋也分给爹妈，我只要舜的这张琴、这把弓和两个嫂嫂……嘻嘻嘻……”

于是象从墙上取下舜的琴来，心满意足地琤琤琮琮地在那里弹奏着。

老太婆和瞎老头欢喜得在屋子里团团转，摸摸这样，看看那样。

屋子后面，舜的两个妻子却在安静地偷偷地笑。

象的丑恶的做法，终于激发了小妹妹敤手的良心，使她觉得家里人做的事未免太凶残和卑鄙了，而自己见死不救，也是卑鄙可耻。她正在这样想时，忽然看见舜从外面像平常一样神色自若地走进屋子来了。

这突如其来的死而复生的舜，使屋子里的众人都骇得怔了半晌。最后，当大家断定舜确实是人而不是鬼，恢复了常态之后，那坐在舜的床上弹琴的象才讪讪地说："哥哥，我正在想念你，很忧闷呢。"

舜说："是啊，我知道你正在想念我啊！"

此外再也没有说什么。舜靠着妻子的帮助，根本不把父母和弟弟设计害他的事放在心上，只觉得他们的作为卑鄙、愚蠢、可笑。那个小妹妹敤手，经过这两次事件之后，竟痛悔前非，和哥哥嫂嫂真诚地和好了。

三十　舜喝酒不醉的秘密

舜的小妹妹敤（kē）手，受了两次事件的感动，痛悔前非，从此以后，就经常注意家里人的行动，生怕他们又玩出什么花样来暗害哥哥嫂嫂一家人。

敤手最喜欢画画，很小的时候，就常用她那双灵巧的小手儿，蘸了花叶的浆汁，或是红色黄色的泥土，在墙壁上，在门窗上，东涂西抹，画出各种动物植物的形态，栩栩如生。爹娘疼爱女儿，也任她涂抹，不去禁止。就是当大哥的舜，看见小妹妹有这种艺术才能，也感觉高兴，有时还情不自禁地鼓励她几句。

哥哥象住的屋子新近粉刷了墙壁，敤手于是挟了个颜料盆子到哥哥屋前去，要在他那墙上替他画上些花儿鸟儿。哪知刚走到窗下，就听见屋子里面有秘密谈话的声音：

“……就这么办：等他喝醉了，然后这么——‘咔嚓’！……哈哈哈哈……”

敤手吃了一惊，忙踮起足尖，偷偷从窗棂（líng）洞里往里瞧：正看见哥哥象坐在床上，咧开嘴狰狞地笑着，右手提了把白亮亮的板斧，做出要向谁的脖子上砍去的样子。爹和娘都坐在床前，娘恶狠狠地嘟着嘴，在向儿子说什么；瞎子爹笑眯着眼，一面点头，一面用手指头使劲地挖耳朵。

不消再怎么探听，事实的真相已经很明白了。敤手也不再画画，忙悄悄溜出去，到哥哥舜的家，把这消息报告给两个嫂子知道。

嫂子们听了敤手的报告，很感谢她，但并不吃惊，镇定地说：

“谢谢你！——好，你回去吧，我们自有办法对付他们。”

不多一会儿，那请客吃酒的象果然摇摇摆摆地来了，倚在门上，向舜说明他的来意：

“以前两回事情实在对不住，这回爹妈特地备办了点酒菜，跟哥哥表示歉意，一定要请哥哥赏脸，明天早点过来。”

象走了以后，舜知道弟弟又来算计他了：“怎么办呢？”他向他年轻的妻子们说，“去好呢还是不去好呢？不知道他们又在玩什么鬼花样啊！”

“怎么不去呢？”妻子们都说。“不去爹妈又要见怪你了——去吧，不要紧的。”

她们说着，就走进屋子去，从嫁箱里拿出一包药末来，递给舜说：

“这药拿去倒在澡盆里，洗它个澡。明天你去喝酒，包你不出事故。——厨房里水已经替你烧好了。”

舜听了妻子们的话，果然拿药倒在水里，洗了个澡。到第二天，舜穿上一身干净衣服，便到爹妈家赴宴去了。

他们假意殷勤，欢欢喜喜地接待着舜。摆上了丰盛的酒宴，大家坐下来喝酒。磨得锋利的板斧已经预先藏放在门角里；筵席上呢，却是一片“干杯啊，干——干……”的劝酒的欢笑声。

大盅和小杯，舜拿到手里，总是一饮而尽，从不推辞。一盅又一杯，也不知喝了多少盅、多少杯了，直喝得这些劝酒者都有些颠三倒四，说话不大灵便了，舜还是直挺挺地坐在那里，像没那回事一般。

最后，几个酒坛子都已经喝空，菜肴也已经吃光，再也拿不出什么东西来待客了，他们才眼睁睁地看着舜抹了抹嘴唇，很有礼貌地向爹妈告辞，扬长而去，只剩下门角里那把没有使用出来的板斧在发出嘲笑的寒光。

三十一　湘妃竹和鼻亭神

从女儿和儿子们的报告里，尧认为舜的确是既贤明又有才干的青年，可以传给国君的位置。传位以前，还对他做了一番考验。

这考验就是把他放到一个雷雨将要到来的大山林里去，看他单独一个人用什么法子走出这座山林。

舜行走在大山林里，全没一点恐惧。毒蛇见了他便远远地逃开，虎豹豺狼见了他也不敢侵害。一会儿，果然暴风雷雨来了，森林里一片墨黑：又是霹雳，又是闪电，又是倾盆的大雨，四周都是像精怪一般披着头发、张开着手臂的树。树啊，树啊……简直分不清东西南北的方向。可是勇敢智慧的舜，在这片千奇万变的雷雨的森林里行走，却既不害怕，又不迷惑。最后，他终于沿着来时的道路，走出了这片山林。

经过了最后的这场考验，尧真的把国君的位置禅让给了舜。

舜做了国君，就坐了马车，打了天子的旗号，回家乡去拜见他的父亲瞽（gǔ）叟，还是像从前一样地恭敬孝顺。瞎眼爹到这时候才知道儿子真是一个好儿子，以前种种都是自己糊涂昏聩（kuì）犯下的错误，也就真心诚意地改过向善，和儿子和好了。

舜见了父亲，又把桀骜（jié ào）难驯的弟弟象封到有鼻这个地方去做诸侯。象受封以后，觉得哥哥真是仁爱宽大，心灵上受了深切的感动，从此也渐渐把他那恶劣的习性改掉，成为一个有用的好人了。

舜做国君的几十年中，也像尧一样，做了很多有利于人民的事情，最后并且连传位都像尧，不把王位传给只知道唱歌跳舞的自己的儿子商均，而把王位传给治理洪水有功于人民的大禹。

舜一生，非常喜欢音乐，所以尧把两个女儿嫁给舜的时候，还特地赐给他一把五弦琴。到他做了天子，每当闲暇，总是喜欢独个儿弹他那五弦琴，伴随着琴音的弹奏，唱一首他自己写作的叫作《南风》的歌曲——

南方吹来的清凉的风啊，
可以消除人民的愁烦啊！
南方吹来的及时的风啊，
可以增长人民的财富啊！

从这首“南风”歌里，便可见到舜是怎样的爱念人民了。

舜年老了，还到南方各地去巡视，不幸中途死在苍梧之野，噩耗传来，人们都像死了亲人一样的悲哀。

他的两个曾经和他共患难的妻子，听到这不幸的消息，更是悲恸得连肝肠都快要断裂了。

她们马上坐了车和船，奔丧到南方去，一路上伤心地哭泣，眼泪像泉水般奔涌。这些伤心的眼泪，洒在南方的竹林上，竹林上便挂着了她们的斑斑点点的泪痕，所以后来南方便有了斑竹，又叫“湘妃竹”。

她们走到湘水，不幸风波起来，翻了船，她们就遗恨地淹死在江中，成了湘水的神灵。

当她们心境和悦的时候，就在秋风袅袅、木叶飘落的光景中，出来在浅滩上舒徐地巡回，远远就可以看见她们美丽的眼睛在闪耀。倘使遇到心境不好，勾起了从前的悲恨，她们进出江水，便定会伴随着猛烈的风、狂暴的雨。在风雨中，还有许多形状像人的怪神，站在蛇上，左手右手握着蛇，腾跃在浪涛之上。一群怪鸟也会趁机出来，在雾雨昏蒙的天空中乱飞乱叫。

舜死以后，人民就把舜的尸骨，用瓦棺装殓着，埋葬在苍梧九疑山的南面。这座山共有九条溪涧，条条溪涧的形势都很相像，到山上去的人们，每每容易被这种类似的地形所迷惑，所以叫作“九疑”。

在九疑山的山脚下，每年春秋两季，人们总会看见一头长鼻大耳的巨象，来耕舜的祀田。大家心里都很奇怪，不知道这究竟是从哪里来的怪动物，为什么要不辞辛苦地来到这里替舜耕田。直到有一年，人们看见一个从远方来的黑胡子男人跪在舜的坟墓前哀哭，哭着哭着这男人就变做了一头象，跑下山去替舜耕起田来，大家才知道这黑胡子男人就是舜的弟弟象，由于忏悔以前的过失，才真个变化做一头象来替哥哥耕田。

象去了以后，人们便在坟墓的附近造了一座亭，叫作“鼻亭”，亭里供奉着象的神主，叫作“鼻亭神”。这一对同父异母的兄弟，从此以后就相亲相爱地住在一起，永不分开了。

三十二　帝俊赐羿神弓神箭

尧在位的时候，曾经有十个太阳一齐出现在天空，一连继续了好多年。

天空成了太阳们的世界，强烈的阳光把土地烤焦了，把禾苗晒枯干了，甚至把铜铁沙石都快晒化了。人们热得喘不过一口气，血液在体腔内差一点就会沸腾。大地上已快断绝可吃的东西，胃里又燃烧起一把饥饿的火，逼得大家全要发疯。

灾祸还不仅是这样。由于气候酷热，还有一般怪禽猛兽，如像猰貐（yà yǔ）、凿齿、九婴、大风、封豨（xī）、修蛇等从火焰似的森林、或沸汤般的江湖里跑出来，逞着它们暴烈的性情，残害人民，弄得本来已经活不下去的人民，更加活不下去了。

十个太阳一齐出现在天空惹出的灾祸，使做国君的尧忧愁烦恼，除了每天向上帝呼吁祷告以外，简直别无办法。

十个太阳，都是东方天帝帝俊的儿子。帝俊有两个妻子，一个妻子叫常羲（xī），是月亮女神，替他生了十二个月亮女儿；另外一个妻子叫羲和，是太阳女神，替他生了十个太阳儿子。

十个太阳儿子，都住在东方海外的汤谷。这地方的水，因为太阳们常在里面洗澡，滚热如汤，所以叫作汤谷。

汤谷附近有一棵大桑树，生长在海水的中央，名叫“扶桑”。扶桑有几千丈长，一千多围粗，十个太阳就住在这树上。他们轮流出现在天空，一个太阳回来了，另一个太阳才开始出去值班。所以太阳虽然有十个，经常和人们见面的，却只有一个。

太阳出来，他的妈妈羲和就替他驾车子，六条蛟龙拉着车子风快地在天空中驰行。

当太阳刚从汤谷出来，在咸池里洗了个澡，从扶桑树的下面升上扶桑树的颠顶的这时候，就叫作“晨明”。升上了扶桑树的颠顶，坐上妈妈给准备好的车子，开始出发了，这时候就叫作“朏（fěi）明”。到了曲阿（qǔ ē）的地方，就叫作“旦明”。以后每经过行程上的一个重要地方，都有一个代表时间的特别的名目。

这样由妈妈伴送着，一直到了悲泉，妈妈就得在这里停下车来，然后驾着空车回转去。这地方，就叫作“悬车”。悬车，就是停车的意思。

剩下一段短短的路程，就得让太阳自己去行走。可是妈妈还经常不放心她的爱儿，总是要坐在车上等候着，眼看着爱儿走向虞渊，进了蒙谷，把最后的几缕灿烂的金光涂抹在蒙谷水滨的桑树和榆树上的时候，她才驾了空车，在晚凉的夜风中，穿过繁星和轻云，回到东方的汤谷去，准备着伴送第二个出去值班的儿子。新的一天的行程又将要开始了。

十个太阳儿子，每天便由妈妈这么伴送着，照着严格规定的路线和程序，轮流出去值班。

可是不知道怎么回事，顽皮的孩子们却忽然不愿意遵守这个规定，竟暗中商量好，“哄”的一声，一齐飞跑出来，谁也不再去坐那由妈妈驾驭的乏味的车子，而是欢喜地跳着，蹦着，四散在广阔无垠的天空中。习惯一经养成，就天天都结伴出来玩耍，再也不想分开。

自然，十个太阳齐照的大地，是多么光明灿烂啊！也许他们心里还这么想，光明灿烂的大地在向他们表示欢迎，哪知道大地上的一切生物，都怨恨他们到了极点了。

做爹妈的帝俊和羲和，虽然也想将孩子们加以管束，不许他们这样恶作剧，但因为孩子们顽皮成性，又都具有极大的神力，全然不理睬双亲的忠告，做爹妈的也拿他们没有办法。

十个太阳看见爹妈拿他们没办法，就越发胡闹得起劲了。可是代表人民普遍愿望的尧的祷告，又天天都上达天庭。帝俊既然身为上帝，对于这种呼吁，绝不能充耳不闻；再加上他也实在讨厌孩子们的胡闹了，就决心派一个擅长射箭的名叫“羿”的天神到下方去，诛除那些为害人民的恶禽猛兽，捎带着也把他的坏孩子们吓一吓。

羿领了帝俊的旨命，就带着他的妻子嫦娥，辞别天庭。临行的时候，帝俊赐给羿一张红色的弓、一口袋白色的箭。这华美的神弓和神箭，都是天上稀有、世间所无的宝贵武器，刚好配得上像羿这样一个高明卓绝的射手。

“孩子们胡闹，给他们点颜色看看就是了，不要太为难了他们。”帝俊这么嘱咐羿说。

“是。”羿恭敬地回答说。

羿于是带着他的妻子，降到下方，在闷热难当的茅草屋里，见着了为旱灾而愁苦的尧。尧一知道羿就是天帝派遣下凡为民除害的天神，不禁大喜过望，烦恼和忧愁顿时都消散得干干净净了。

三十三　羿射九日

羿到了人间后，尧马上就陪伴着羿夫妻俩去巡视灾情。可怜人们每天在十个太阳的烤炙下，有的已经热昏死去，不死的也奄奄待毙，只剩一把黑瘦的骨头了。可是当他们听到天神羿下到了凡间，顿然又都恢复了活力。远远近近的人都赶到王城所在的地方来，聚集在广场上，大声地呐喊和欢呼，要求羿替他们诛除祸害。

最为人们痛恨的，当然就是一齐出现在天空中的这十个太阳。起初，羿原也想虚张声势，吓吓他们，叫他们不敢再调皮就算了的。哪知道这些骄纵惯了的少爷，看见羿在下面拈弓搭箭，作势要射的样子，竟连理也不理，只在肚子里冷笑。这一来却真的惹恼了羿，正直的羿心想：哪怕你是天帝的儿子，你们既然决心和人们为敌，我就敢于收拾你们！

于是他就真个慢慢地走到广场中央，举起神弓神箭，搭上箭拉满弓，对准天空中的一个太阳，嗖地一箭射上去。起初没有影响，隔了顷刻，只见天空中一团火球无声地爆裂了，流火乱飞，纷纷的金色毛羽四散，一团红亮的东西“訇”的一声落在地上。人们跑近前去一看，原来是一只极大的金黄色的三足乌鸦，想来就是太阳精魂的化身了。再一看天上，太阳果然已经只剩下九个，空气也似乎凉爽了一些，人们不由得齐声喝彩。

祸事既然闯定了，羿索性一不做二不休，便又连忙拈弓搭箭，向着天空中东一个西一个战栗而正想逃跑的太阳射去。一支支的箭像疾鸟般地从弓弦上发出，只听得嗖嗖嗖的箭声，只看见天空中一团团火球无声地爆裂，满天是流火，数不清的金色羽毛四散在空中。三足乌鸦一只只地堕落下来，人们的欢呼声音响彻了大地，羿正射得酣畅而高兴。

站在土坛上看射箭的尧，忽然想起太阳对于人也有大功，是不能全射下来的，急命人暗中从羿的箭袋里抽出了一支箭，羿以为十支箭都射完了，就停下来，因此天空中的太阳终于还剩下一个。可怜这顽皮的孩子已经吓得脸色发白，地面上的人们都吵嚷着冷起来了。

羿射落的九个太阳，作为太阳精魂化身的金色三足乌鸦固然是落到了地面上，至于那些爆裂的火球，却又落到哪里去了呢？这也有个神话传说，说它们都落到了东洋大海里，变作了“沃焦”。什么叫“沃焦”呢？原来在东洋大海里，有一块巨大无比的石头，方圆是四万里，厚也是四万里，滚热，发烫，像个大火炭团，海水灌注到上面，一下子就会被吸收进去，烘得焦干，所以叫它做“沃焦”，据说它就是由羿射落的九个太阳的碎壳流浆凝聚起来变成的。大川小河的水，流注到海洋去，并没见它涨溢出来，这也是个重要的原因。

三十四 羿诛除恶禽猛兽

太阳的为害算是除去了，可是还有种种恶禽猛兽，继续为害人民，羿还得去诛除种种害人的恶禽猛兽。

那时中原一带，以猰貐（yà yǔ）为害最烈。

猰貐，原本也是天神，是给贰负神和他的一个名叫“危”的臣子共同谋害死了，才变作这种怪物的。它的形象很可怕：龙的头、老虎的爪子，号叫的声音好像婴儿啼哭。它一变成怪物，就迷失了本性，常拿人来做它的粮食，被它残害的人不知道有多少，谁提起它都会胆战心惊。羿来到中原，首先就去杀这个怪物。猰貐当然不是羿的对手，战斗不消两三个回合，就被羿一箭射死了。

羿杀死了猰貐，又到南方的畴华之野去杀一个叫作“凿齿”的怪物。

凿齿这东西，长着野兽的头、人的身子，从它的嘴里吐出一只长约五六尺的牙齿，形状像凿子，这牙齿就是它最厉害的武器，没有人敢挡它的锋芒。因此它逞着野性，在这一带地方任意残害人民。哪知道羿却带了天帝赐给他的神弓神箭，毫不惧怕地前来和凿齿作战。凿齿起初还拿一把戈去攻击羿，后来知道羿的箭法厉害，心里着慌，又拿一面盾牌来保卫自己。但是羿靠了他过人的勇敢和灵巧的技艺，还没有让凿齿走近身来，就把它从盾牌的掩护下射杀了。

这以后他又到北方的凶水之上去杀九婴。九婴是个生着九个脑袋的水火之怪，能够喷水也能吐火，不知道它害了多少人。羿来到这里，就和那个怪物激战了一场。那怪物虽然猛悍，究竟不是天神羿的对手，终于被羿射死在波涛汹涌的凶水之上了。

羿回转来，经过东方的青丘之泽，正遇见一只名叫"大风"的鸷（zhì）鸟在那里害人。这大风，实际上就是一只大孔雀，性极凶悍，能伤害人畜。它的翅膀飞掠过的地方，常有大风伴随，所以人们叫它"大风"。

羿知道这种鸷鸟多力善飞，恐怕一箭射去，还不能致它的死命，倘或带箭逃跑，养好创口再来为害人民，反而费事，因此特地用一条青丝绳系在箭尾，等那鸷鸟飞近时，一箭射去，正中当胸。箭在绳上，鸷鸟不能飞逃，便被羿拖拉下来，斩成几段，除了一方大害。

杀死了大风，羿又到南方的洞庭湖去。

洞庭湖中，正有一条巨蟒，在那里兴波作浪，渔船被它弄翻，船上的渔民被它活活吞到肚子里的不知有多少。羿来到洞庭湖，独自驾了一只小船，在湖中巡行，找那巨蟒的踪影。船到湖心，果然看见那蟒昂着头，吐着舌，掀排着如山的白浪向着羿的小船浮游过来。羿连忙拈弓搭箭，对准巨蟒射去，虽然箭箭都中要害，巨蟒还不曾死，一直窜到羿的船边。羿只得拔出腰间的宝剑，和凶蛇战斗。在滔天的白浪中，到底把凶蛇斩作了几段，腥臭的血流出来染红了一大片湖水。湖岸边的渔民用欢呼声迎接羿的归来。

最后只剩下一件困难的工作了，就是到桑林去捉大野猪。桑林这地方，也在中原。大野猪即所谓“封豨（xī)”，是有着长牙、利爪，力气赛过牛的猛兽。它不但毁坏庄稼，还吃人和牲畜，附近一带的人民都遭它的殃。如今羿一来，野猪就只好遭羿的殃了。羿的神箭哪里是野猪所能挡的，羿连发几箭，都射在野猪的腿上，叫这蠢东西死不了而又逃不脱，结果被羿生擒活捉，人们皆大欢喜。

三十五 羿得罪天帝谪下人间

羿费了千辛万苦，替人们除了七桩大害，天下的人都感念他的功德，到处都在传扬着关于他的颂歌。羿在人们的心目中，早已经成为最伟大的英雄。尧不用说，自然是万分感激他的。而他呢，觉得自己这次到下方来，总算没有辜负天帝的使命，也感到兴奋而且快乐。

他便把在桑林擒获的那只大野猪宰杀了，将肉剁得细细的，蒸成肉膏，用盘子盛好，恭恭敬敬地亲自端到天庭去，奉献给做天帝的帝俊。他以为这样做，帝俊一定会因为他替人们办了好事而嘉奖他。哪知道帝俊竟闷闷不乐地向他说：

“你对人们虽然有功劳，可是你却射死了我的儿子，一见这野猪肉，我就伤心，见了你我也是这样——好吧，从此以后，你和你的妻子就住在下方，不必再到天上来了。”

羿的一团高兴，顿时化为乌有。他端着一盘野猪肉，只得满怀愁绪地仍旧回到下方。他心里怨恨地想：“这真是不公平啊！我为人们立了大功，为什么反而受到贬责呢？难道几个儿子的生命，竟比千万人民的生命更重要吗？”

他回到家里，就把他的伤心和委屈向着他的妻子诉说。不料他的妻子嫦娥虽是天上的女神，却未免心胸有些狭窄，听了羿的倾诉，不但不同情他，反而哭哭啼啼，和他吵闹。说自己原本是天上的女神，如今受了连累，上不了天，都是羿妄逞英雄，杀死天帝儿子的过错。

可怜为人们立了功的英雄羿，在天堂被天帝贬斥，在家里又被妻子嫌怨，他的心绪异常烦闷。

他唯一借以解闷的方法，只好是背弓挟箭，骑了骏马，到原野上去驰驱，或是到山林中去打猎。呼呼地拂过耳边的天风，也许会吹散他的忧愁；和野兽搏斗时候的兴奋，也许会消除他的痛苦。

三十六　嫦娥奔月

羿由于得罪了天帝，不能上天，同时还常受到他妻子的埋怨。

果然有一天，嫦娥向她的丈夫说：

“别的我都不怨怪你，就只怨你不该这么鲁莽，射死了天帝的儿子，教我俩都贬做了凡人。你知道，做了人是会死的呀；死了以后，就得到地下的幽都去，和那些黑色的鬼魂住在一起，过那愁惨暗淡的生活，这是多么可怕呀！”

“是呀，”羿闷闷地回答说，“我也不想到幽都去，可是，那又有什么法子可想呢？”

嫦娥想了一想，说：“听说在昆仑山，住着一个神人，名叫西王母。”

“对，昆仑山有个西王母。”

“西王母那儿，藏有不死的灵药。”

“对呀，”羿高兴地说，“西王母藏有不死药，吃了可以叫人长生不死，我怎么先前竟一点也没有想到呢？——好，明天我马上就去，去向西王母求不死药。”

嫦娥自从谪下人间后，成天总是愁眉双锁，这回才开始露出了笑颜，说：

“去吧，我等待着你如愿以偿，平安地回来。”

于是羿就准备了一点简单的行装，带了些干粮，背上弓箭，骑上白马，在第二天早晨，当太阳初升的时候，便向昆仑山进发了。

昆仑山，是西方的一座大山，黄帝的帝都在这里，西王母也住在这里。它的下面，环绕着弱水的深渊，这弱水，一片鸟毛掉在上面，都会沉落，更不用说是乘船载人了。它的外面，又还有一座燃烧着大火的炎火之山包围着，山上的大火昼夜不息，无论什么东西一碰见它就会燃烧。这大水和大火的重围，谁还能突破呢？所以虽然传说西王母藏有不死的良药，却始终没有一个人得到这宝贵的东西。

羿来到昆仑山脚下，靠了他射日除害的剩余的神力和不屈的意志，居然通过了水火的包围，攀登上了山顶，看见了好几丈长的大稻子，和守门的开明兽。这地方的高度，据说有一万一千里一百一十四步二尺六寸，要不是羿，谁也休想到达这个地方。

羿到了昆仑山顶，要不了多久，就会见了他辛苦寻访的西王母。

西王母，原是西方的一个怪神，她长着豹子的尾巴、老虎的牙齿，头发乱蓬蓬地披着，头上戴了一只玉胜，善于啸叫，掌管瘟疫和刑罚。她住在山顶的岩洞里，有三只红脑袋黑眼睛多力善飞的硕大的青鸟，经常轮流地到山野去找寻了食物来供给她。

就是这个西王母，她有不死的良药。因为她掌管灾疫刑罚，可以随时夺取人类的生命；既然可以夺取人类的生命，当然也就可以赐予人类的生命，所以大家都传说不死的良药在西王母那里。

羿把来意向西王母说明了之后，西王母对于羿的不幸遭遇，非常同情，就慷慨地给了他一包足够两个人吃的不死药，并且告诉他说：

“这药，是从不死树上采下的不死果炼制成的。不死树三千年开一次花，六千年结一次果。果子很少。我的全部剩下的药物都在这里了。如果一个人吃了这么多药，就还有升天成神的希望。你拿回去好好保藏着，不要丢掉了。”

“谢谢您。我一定记住您的话。”羿说。

经过了万水千山的跋涉，羿终于带着不死药，高高兴兴地回到家里。他一回家，就把不死药交给妻子保管着，准备择一个节日，大家同吃。

他并不想再上天，因为天上的情形并不比人间好，只要不到地狱去，在他就很满意了。

可是他的妻子嫦娥却不和他一般设想。她想她原是天上的女神，如今上不了天，全是受了丈夫的连累，照理他该还她一个女神才是。灵药既然除了长生更有使人升天成神的妙用，那么即使自私一点，吃下丈夫的一份，也不算怎么亏负他……

想来想去，她就打定主意，不再等待什么节日，趁着羿不在家的一个晚上，把那包药取出来，一齐吞下肚子去。

奇事果然在这时候发生了，嫦娥渐渐觉得她的身子轻飘飘的，脚和地面脱离开来，终于不由自主地飘出了窗口。

外面是夜晚的蓝天，灰白的郊野，天上有一轮圆圆的皓月，被一些金色的小星围绕着。

嫦娥一直飘升上去……

但是到哪里去呢？她思考着：假如到天府，定会被天上的众神嘲笑，说她是背弃丈夫的妻子。看来只有到月宫里去，暂时躲藏一下，较为稳妥。主意决定，她就一直奔向月宫去。

她到了月宫里。月宫里出奇冷清，却是她先前一点也没有预料到的。这里除了有一只白兔、一只蟾蜍（chán chú）、一株桂树而外，什么也没有。直到许多年以后，才又添了一个“学仙有过”、罚到月宫里来砍桂树的吴刚。吴刚砍伐这五百丈高的桂树，桂树和他闹别扭，创口随砍随合，一直砍它不倒。

这景象很使她灰心失望。但是既然已经来了，只得住下再说。可是愈住下去，愈觉得寂寞不惯。她开始想起家庭的乐趣，丈夫的好处。假如自己宽宏大量一点，不这么心眼窄小，两个人分吃了不死药，大家都永生在世上，岂不胜过冷清清地一个人在这月宫里做神仙吗？

她懊悔，她仍旧想回到下方去，向丈夫承认自己的错失，请他原谅。但是药已经吃下肚去，这种愿望便只能是空想。从此她就只好永远住在月宫里，再也下不来了。

那天晚上，羿从外面回来，发觉他的妻不见了，桌子上却放着不死之药的空包。羿明白了这是怎么一回事。愤怒、失望、悲哀，好像一条条毒蛇，绞缠着他的心灵。

他闭紧了嘴唇，怔征地望着窗外，在这星月交辉的天空，他的妻已经离开了他，单独寻找她幸福的乐园去了……

三十七　羿和宓妃

自从嫦娥奔月以后，羿在孤单寂寞中生活着。在一个偶然的机会中，羿遇见了洛水的女神雒（luò）嫔。

雒嫔，就是宓（fú）妃，传说她本是伏羲的女儿，因为在洛水渡河淹死，后来做了洛水的女神。她的美丽是非常闻名的，诗人们对她有最高的礼赞和颂歌。

这美貌的女仙，她的遭遇却很不幸，她遇上了一个浪荡的花花公子，就是黄河的水神河伯。宓妃根本不爱河伯，可是她逃不出河伯的势力范围，被抢去做了他的妻子。

过了一些日子，河伯又整天到处寻欢作乐，他经常喜欢乘了荷叶做篷的水车，驾着龙螭（chī）一类的动物，和一些无非是山精水怪的女郎在九河遨游，不再管宓妃的事。

宓妃受到这种侮辱，当然极其痛苦，水国生涯的富庶豪华，怎么也弥补不了她心灵的创伤。为了排遣愁怀，她偶然也随着一些女仙出来到水滨游玩。

在这秋高气爽的晴明日子，仙子们，有的在急流的浅滩上采摘黑色的灵芝；有的在岸边树林里拾取翠鸟的羽毛；也有的手里拿着从深潭里找到的老蚌的明珠，翩然地行走在碧绿的水波之上。她们往还倏（shū）忽，行踪不定。每个游戏的女仙都天真、快乐、无忧无虑。就中只有宓妃时时从女伴们欢乐的游戏中走出来，独个儿悄悄地站在崖石边上，怅望着原野的远方。她的神情是暗淡的，她的微笑是凄凉的，好像夜静月明的空际，掠过月边的一缕灰色的浮云。

就在这个时候，她和骑着骏马在原野上驰驱的英雄羿遇见了。他两个人一个是盖世的英雄，一个是旷古的美人，两个人都得不到家庭的温暖。这样，他们就自然而然地由相怜而相爱了。

这对于羿和宓妃在精神上彼此都有了慰藉，但是这种恋情，却引起了河伯的嫉妒和干涉。

河伯经常派了他手下的虾兵蟹将去侦察羿和宓妃的动静，最后他决定亲自出去探看一下，却又惧怕曾经射过太阳的大神羿的勇武，不敢公然出面，只得化作一条白龙，探头缩脑地在河面上游行。

他这一变化出来做暗探不打紧，却引起了轩然的洪涛，使河水泛滥到两岸，淹死许多无辜的人民。河伯的这副形貌，终于被羿认出来了。羿恼怒他侮辱了宓妃，又伤害了百姓，这种行为，失掉水神应有的身分，于是给他个不客气，一箭向那化形为白龙的河伯射去，正中他的左眼。

被射瞎了左眼的河伯，只得哭哭啼啼地，睁大了剩下的右眼，跑到天帝面前去诉苦。

“天帝啊，羿欺负人太甚了，请替我把羿杀了吧！”

“你为什么给羿射瞎了左眼？”天帝问。

“我……我嘛，”河伯吞吞吐吐地说，“我那时正变了一条白龙，出来到河面上游行……”

这一切事情，天帝早已知道得清清楚楚。天帝对于这个品行不端的水神，委实也没有多少好感，因此不耐烦地打断他的话说：

“不用多说了，谁叫你不在水国里安住，好好地却要去变一条龙呢？龙既然不过是水族动物，当然会给人射的了，羿又有什么罪过呢！”

河伯碰了钉子回来，不敢再干涉羿和宓妃的恋爱，羿就娶了宓妃。

不过宓妃是水神，不习惯住在陆上，羿又不习惯长久住在水府中，所以他们婚后过了一段时期，又终于无奈地分手了。

三十八　羿死在学生逄蒙的手里

羿和宓妃分手以后，他想到天上的不公平，再也不打算回到天上去了，这时他的唯一的爱好就是打猎。

陪伴着他去打猎的，有一个他在下方招收的学生，名叫逄蒙（páng méng）。逄蒙，是山间的一个猎手，是一个灵敏而又勇敢的人，羿一向很喜欢他，曾教他射箭。

自从羿射下九个太阳以后，他的神箭天下闻名。可是他的射箭技术别人不易学到，只有逄蒙学会了。

逄蒙刚开始学射箭的时候，羿向他说："你要学射箭，先要学不眨眼睛，去把这桩本领学会了再来告诉我吧。"逄蒙回到家里，就成天仰躺在他妻子的织布机下面，用眼睛去对着织布机的脚踏子，脚踏子动而眼睛不动。这样过了一段时间，就是拿锥尖去逼近他的眼睛也休想使它们略眨一眨。

逢蒙于是欢喜地把他的成绩去告诉羿，羿说："还不行。第二步还要学看东西，要学会把小东西看成大东西，把不显眼的东西看成极显眼的东西，然后再来告诉我。"逢蒙回家便去找了一根牦牛尾巴上的毛，拴上一个虱子，把它悬挂在南面窗子的脚下，每天练习看虱子。十多天以后，便觉得虱子慢慢地长大了。练习了一段时间，那虱子看去就像有车轮般大，再看别的东西简直样样都成了大山和小山了。

逢蒙于是又欢喜地去把他的成绩告诉羿，羿才一下子替他高兴起来，说道："你现在可以学射箭了！"就把他自己所有的本领差不多全都教给了逢蒙。

后来逢蒙的箭射得几乎和羿一样好了，天下都很闻名，凡是人们提到箭射得好的，都把羿和逢蒙两个人一起提出来。

羿很欢喜他有这样一个本领高强的学生，但是气量狭小的逢蒙却不大欢喜有这么一个本领比他还高强的老师。

据说有一回，羿曾和逢蒙比赛过一次射箭。恰巧天空中一行雁飞了过来，羿叫逢蒙先射。逢蒙连发三箭，为头的三只雁应着弦声堕落下来，一看，刚好三支箭都射中雁的头部。这时受惊的雁已经四散乱飞，羿也随意向它们射了三箭，也有三只雁应弦坠地，一看，三支箭也都射中雁的头部。这样，逄蒙才知道老师的本领实在比他高强，不是轻易赶得上的。

因此，逄蒙对于羿总是感觉着非常嫉恨，暗害羿的念头时常在他的胸中盘绕。

起初，他还觉得羿传授给他本领，又一向待他很好，要下毒手是困难的。但是现在，羿因为遭遇不如意，脾气变得相当暴躁，动不动就怒火冲天，甚至无缘无故骂人，逄蒙在遭受了老师几回责骂以后，心里越来越不满，于是，决定设法害死羿，挪开这块阻碍他前程的绊脚石。

一天，羿又带逄蒙出去打猎，逄蒙借口家里有事没有去，羿就骑着马单独去了。傍晚，羿打猎回来，快到家的时候，只见对面树林边上有人的影子闪了一闪，接着，就有一支箭向他飞来。羿眼明手快，连忙拈弓搭箭，在跑着的马上一箭射去，只听得铮的一声，箭尖正触着箭尖，在空中发出几点火花，两支箭便向上挤成一个“人”字，然后翻身落在地上了。第一箭刚刚相触，双方立刻又来了第二箭，同样相触在半空中。一连射了九箭，羿的箭都用尽了。这时他才看清楚逢蒙得意地站在对面，还有一支箭搭在弦上，正瞄准着他的咽喉。

来不及让羿略作防备，对方的箭早已经像流星般地，嗖的一声径向羿的咽喉飞过来。也许是瞄准差了一点，却正中羿的嘴。一个筋斗，羿带箭掉下马去，马也就站住了。

逢蒙见羿从马上落下，以为老师这下子是准死无疑了，便带着得意的神情，慢慢踱过来，要看看羿的死脸。

哪知他刚走出树林，羿忽然张开眼睛，直坐起来，吐出嘴里的箭，迅疾地搭在弓弦上，照着逢蒙的脑门，就是一箭。

逢蒙叫声“不好”，两只手抱着头颅，回身便跑。那箭只在后面紧紧地追来。

逢蒙跑到林边一棵大树下面，急忙藏身树后，企图躲过那箭。那箭却也作怪，像长有眼睛似的，竟拐了弯儿，在大树后面找着了逢蒙。

逢蒙骇得魂不附体，拔腿又跑，绕着大树狂奔。

那箭也绕着大树，在后面紧追不舍。

逢蒙跑得快，箭也追得快；逢蒙跑慢点，箭也就稍稍放缓步调：就这样绕着大树一逃一追，竟像小孩子捉迷藏似的。

“师傅，饶恕我……”逄蒙跑得大汗淋漓，上气不接下气。

“去你的吧！”羿鄙夷地挥了挥手，说。

那箭就“当”的一声，落在地上。

逄蒙揩着额颅上的汗珠，走上前来，谢过老师。

“你真是白跟我学了这么久，”羿笑着说，“难道连我的‘啮镞（niè zú）法’都还不知道吗？这怎么成，还得好好地练习啊！——以后别再这么下作了！”

“是……是……老师。”

逄蒙满面惭愧地低垂了头。

羿虽然给逄蒙暗算过一次，但是一者他的为人素来仁爱宽大，二者也自恃有过人的技艺和勇武，所以并没有把这回事放在心上，以后出去打猎，还是随身带着逄蒙一道。

从此以后，逄蒙在羿的面前，也愈加表现得老实恭顺，使羿对他的改过向善，深信不疑。

但是他却暗中用桃木削成一根结实的大棍子，随时带在身边，说是既可用来打野兽，也可用来挑猎物。羿见他把这家伙使起来方便，也很欢喜，丝毫没有其他疑心。

一天，羿站在树林边仰天射雁，已经射落了一只，正举起弓箭来要射第二只，哈着腰在他身旁收拾猎获物的逢蒙忽然直起身来，抓起树旁的桃木大棍，对准羿的头顶，狠狠地就是一棍。

当羿察觉，要回弓过来，给这恶徒以打击的时候，事实上已经来不及了，桃木大棍就像泰山压顶似的，一棍正中羿的后脑。

鲜红的血液不断地从羿的耳朵边流下来，羿两只手无力地垂下，手里的弓和箭扔落在地面上。他略回过头来，用他虽然已经昏迷却仍然是那么愤恨而轻蔑的眼光瞧了逢蒙一眼，然后，像一座山样的，颓然地倒了下来……

他死了。据说人们为了纪念他，奉他做了宗布神。宗布神的职司是统辖天下万鬼，教邪恶的鬼不敢害人，有点像后世民间传说的钟馗。

三十九 鲧偷取息壤平治洪水

尧真是一个不幸的帝王，大旱之后又有大水。这一次的大洪水，经过的时间至少有二十二年。

那时，整个大地都受了洪水的灾害，情形凄惨可怕极了。到处是一片汪洋，人们没有居住的地方，只得扶老携幼，东西漂流。有的爬上山去找洞窟藏身，有的就在树梢上学鸟雀一样做窠巢。田地浸没在洪涛里，五谷全被水淹坏。飞禽走兽因为大水没有地方藏身，竟来和人争地盘了。可怜的人们，既要抵御寒冷和饥饿，还要分出力量来对付和他们争地盘的禽兽，生活过得多么艰难呀！

尧看到大水为害，忧心如焚，但是却也想不出什么办法来解救人们的痛苦。

滔天的洪水是怎样发生的呢？据说是因为天帝看

见下方的人们做错了事，惹起他的恼怒，这才特地降下洪水来警告世人的。执行这个任务的是水神共工。他得到这个大显身手的好机会，真是高兴得很，不肯轻易放过。所以洪水一发，就淹没了大地二十多年。

但是不管人们做错了什么事情吧，受了洪水的灾害总是痛苦的。他们在水潦和饥饿的熬煎中，吃没有吃的，住没有住的，还要随时提防毒蛇猛兽的侵害，还要用衰弱的身子去抵抗疾病。在大洪水时代，那一连串悲惨绝望的日子，是多么可怕呀！

天上有众多的神，他们对于人们所遭受的灾祸，都无动于衷。真心哀怜人们痛苦的，只有一个大神——鲧（gǔn）。

这鲧，原是天上的一匹白马，他的父亲是骆明，骆明的父亲是黄帝，他便是黄帝的孙儿。祖父既然是统治宇宙的天帝，孙儿当然也就是天上的一位显赫的大神了。

大神鲧对于祖父这种虐待人们的措施，非常不满。他一心想把人们从洪水中拯救出来，使他们仍旧过平安快乐的日子。他曾经不止一次向他的祖父请求过，劝谏过，想得到他祖父的同意，赦免人们的过错，把洪水收回天庭。但是固执的天帝，并没有理会鲧的话，反而把他申斥一顿。

恳请和谏劝无用，大神鲧决心自己想办法来平息洪水，为人民解除痛苦。可是滔天的洪水，泛滥了整个中国，能用什么法子去平息它呢？他虽然有神力，也难想出好的办法。因此他的心里时常愁闷不乐。

一天，鲧正在愁闷当中，恰巧有一只猫头鹰和一只乌龟互相拖拉着走过来，问鲧为什么不快乐，鲧就把不快乐的缘故告诉了它们。

“要平息洪水，并不是难事啊！”猫头鹰和乌龟齐声说。

“那怎么办呢？”鲧急急地问。

“你知道天庭中有一种叫作‘息壤’的宝物吗？”

“听说过，却不知道究竟是什么东西。”

“‘息壤’，就是一种生长不息的土壤，看上去也没有多大一块，但只要弄一点来投向大地，马上就会生长加多，积成山，堆成堤，用这宝物来填塞洪水，还怕洪水不能平息？”

“啊，那么这宝物藏放在哪里，你们知道吗？”

“这是天帝的至宝，它藏放的地方，我们哪能知道！——你难道要想把它偷取出来？”

“是的，”鲧说，“我决心这么办了！”

“你不惧怕你祖父严酷的刑罚？”

“让他去吧。”鲧坦然而稍带忧郁地笑了一笑，说。

被天帝当作至宝的息壤，不用说是藏得极秘密，并且定然还有猛勇的神灵看守。可是一心要想拯救人们的大神鲧，终于想出办法，把息壤偷取到了手里。

鲧得到了息壤，马上去到下方，填塞洪水。这息壤果然灵妙，只要少许一点，就可以积山成堤，叫汹涌的洪水没法逞凶，还叫它在泥土中干涸。

大地填上息壤，洪水渐渐消失了它的踪迹，出现在眼前的是一片起伏的新的绿野。住在树梢上的人从窠巢中爬出来，住在山岗上的人从洞窟中走出来，他们枯瘦的脸上都再度展开了笑容，他们的心里都腾跃着对于大神鲧的感谢和欢呼，他们又准备着在这苦难的大地上重建新的基业。

正在这个时候，一件非常不幸的事情发生了。

原来息壤被窃的事，给统治全宇宙的天帝知道了。他痛恨天国出了这样的事，更痛恨家门出了这样忤（wǔ）逆的儿孙。他非常愤怒，毫不犹疑地派了火神祝融下去，把鲧杀死在羽山上，夺回了剩余的息壤。洪水因此又泛滥起来，人民的希望落空，仍然落在寒冷和饥饿里，既悲哀大神鲧的牺牲，更悲哀他们自己的不幸。

大神鲧被杀戮的地方，叫作羽山，在北极之阴，是太阳照不到的地方。山的南面是雁门，那里有一条神龙，叫作“烛龙”，人的脸、龙的身子，全身从头到尾，一共有千多里长。它从盘古开天辟地起，就守在这里，嘴里衔了一支蜡烛，用来代替日光，照耀北极的阴暗。世间传说的幽都，大约就在羽山附近。我们可以想象这里的凄惨和荒凉，——这就是大神鲧牺牲生命的地方。

大神鲧被杀死后，因为他偷息壤平洪水的志愿没有达到，所以他的精魂不散，保全了他的尸体，经过三年之久，都没有腐烂。不但这样，他的肚子里还逐渐孕育着新的生命，就是他的儿子禹。他用自己的精血和心魂来喂养这条小生命，要他将来继续去完成自己的事业。禹在他父亲的肚子里生长着、变化着，三年之中已经具备种种神力，甚至超过了他的父亲。

鲧的尸体三年不腐烂，这件奇事给天帝知道了，天帝大惊，怕他久后会变成精怪，来和自己捣蛋，便又派了一个天神，带了一把叫作“吴刀”的宝刀下去，把鲧的尸体剖开。

天神奉命行事，到了羽山，就用吴刀去剖开鲧的尸体。

可是在这时候，从鲧被剖开的肚子里，忽然跳出一条虬（qiú）龙，头上生了一对尖利的角，盘曲腾跃，升上了天空。这条虬龙就是鲧的儿子禹。虬龙禹升上天空以后，鲧本人被剖开的尸体就化作了一条黄龙，跳进羽山旁边的羽渊去了。

这跳进羽渊去的黄龙，只是一条普通的没有神力的龙，他的全部神力，都已经传给了他的儿子。自从他进了羽渊之后，便再也没听说他的消息了。他悄悄地在那里活着，他唯一存活着的意义，就是要亲眼看见他的儿子承继他的事业，去把人民从洪水里拯救出来。

四十　禹赶走水神共工

新生的虬（qiú）龙禹具有很大的神力，发了很大的愿心，要继续完成父亲的事业。

鲧（gǔn）肚子里诞生了禹的这回事，很快又被天帝知道了。那高高地坐在宝座上的天帝，听到这消息，真是非常吃惊。“叛逆”者假如有了“叛逆”的道理，那么他那反抗的意志，就会世代相传，绵绵不绝，是谁都消灭不了的。剖开鲧的肚子可以诞生禹，怎知道剖开禹的肚子又不能诞生别的更神奇的生物呢？

由于这个缘故，天帝也就渐渐悔悟到用洪水去处罚人民，不大恰当。那个新诞生的虬龙禹，实在也很不好惹。当禹按照预定的计划，首先向天帝说明拯救人民的理由，请求将息壤赐给他的时候，天帝便马上答应了他的请求，不但把息壤赐给他，还干脆任命他到下方去治理洪水。为了禹工作的方便，又派曾经杀蚩尤立大功的应龙去帮他的忙。

禹受了天帝的任命，带了应龙，去到下方，开始做平治洪水的工作。

可是这么一来，却惹恼了水神共工。因为洪水原是天帝命令他降下来惩罚人民的，这正是他大显神通的好机会，现在手段还没有充分施展，又叫他把洪水收拾起来，这怎么行呢？而且禹那小孩子知道什么呢？天帝竟答应了禹的请求，也使他很不服气。

他立定决心，要出来和禹作对。

于是他就把洪水从西方掀腾起来，一直淹到空桑。空桑在东海岸边，要算是中国极东的地方了。

禹看见共工这种恶劣的行为，知道除了用武力对付以外，用道理说服是决不行的。要赶早平息洪水，必须先除去掀腾洪水来祸害人民的共工，因此禹决心和共工一战。

为了对付共工，禹就学他曾祖父黄帝的榜样，在会稽山会合天下群神。那时大家都到齐了，只有防风氏后到，禹怪他不遵守号令，就把他杀掉。——过了一两千年，到春秋时候，吴王和越王打仗，把越王围困在会稽山，从打毁的山上发掘出一节骨头，不是人类的骨头也不是野兽的骨头，那骨头之大，须用整部车子才能装下，大家都不认识，去请教博学的孔子，孔子才说出这就是被禹所杀的防风氏的骨头。从这里，我们可以想见禹的神力和权威！

禹率领天下群神和共工开战，共工当然不是禹的敌手，所以不久就被禹赶跑了。

禹赶跑了共工，这才开始做治理洪水的工作。

他叫一只大黑乌龟把息壤背在背上，跟随在他的后面。他随时把一小块一小块的息壤取来投向大地，这样就把极深的洪泉填平了，把人类住居的地方加高了；那特别加高起来的，就成为我们今天的四方名山。

禹知道治理洪水，单是用堵塞的办法还不行，因此另一方面，他又率领人民来做疏江导河的工作。

他叫应龙走在前面，拿他的尾巴划地，禹率领人民，沿着应龙尾巴指划过的地方去开凿水道，把洪水引导到大海里。这些开凿的水道就成为我们今天的大江大河。

四十一　禹擒水怪无支祁

禹治理洪水到了龙门山。龙门山原是一座大山，它和吕梁山的山脉连接着，挡住了黄河的去路，黄河的水到这里流不过去，只好回头往上流，水神趁势兴波助浪，造成洪水的泛滥，以至于把上游的孟门山都淹没了。

当禹率领民工开凿龙门山的时候，有一天，偶然到了一个大岩洞里。岩洞深得很，越走越黑暗，到后来简直寸步难行了，禹只得退出来，重新打了火把进去。

一进去不多久，便看见前面有一个东西闪闪发光。后来那发光的东西把整个岩洞都照亮了。仔细一看，原来是一条大黑蛇，约有十来丈长，头上生有角，嘴里衔了一颗夜明珠，在前面给禹带路。

禹就丢了火把，跟着大黑蛇走。走了好一会儿，到了一个光明而开朗的地方，似乎是一座殿堂，有一些穿黑衣服的人，簇拥着一个人脸蛇身的神，坐在殿堂的中央。禹一看这神的形状，心里就明白了八九分。禹便问他：

“你莫非是华胥氏的儿子伏羲吗？”

“对啊！”蛇身人脸的神说，“我就是那九河神女华胥氏的儿子伏羲啊。”

他们两个人一谈起来，都感觉很是亲切。伏羲幼年时候吃过洪水的亏，对于治水的禹所做的伟大工作，表示非常钦佩，愿意尽他的力量来帮一点忙。于是便从怀里掏出一只玉简交给禹，这是一种形状像竹片的玉器，有一尺二寸长，说是拿了这东西去，就可以度量天地。禹后来果然带着它在身边，平息了洪水。

禹治理洪水，曾经三次到过桐柏山（在今河南省桐柏县西南），可是那地方总是刮大风，打大雷，石头啸叫，树木哀号，使治水的工程简直没法施展。

禹知道是妖物作怪，心里恼怒，便召集天下群神，并亲自下命令给夔（kuí）龙，叫他们想办法除妖。桐柏山和附近各山的山神恐怕祸事弄到自己头上，都跑来跪着向禹磕头，请求饶命。禹疑心他们包庇妖物，便把他们当中几个特别狡猾的如鸿蒙氏、商章氏、兜卢氏、犁娄氏等拘囚起来，加以审问。果然问出实情：原来在淮水和涡水之间，躲藏着一个叫无支祁（qí）的水怪。禹就马上派人去擒拿这个怪物。

这怪善于言语应对，形状像猿猴，额头高，鼻梁低，白脑袋，青身子，牙齿雪亮，眼睛闪耀出金光，力量大过九只象，颈脖子伸出来有百尺长。他的身躯伶俐轻便，虽然被擒获了，却还在那里横蹦竖跳，没一刻安静。

禹拿他没法，便叫天神童律去制服他，童律制服不住，又叫乌木由去，乌木由也还是不行，最后才被庚辰制服住了。

庚辰制服他的时候，成千累万的山精水怪都聚集起来，绕着庚辰奔走号呼，想尽办法捣乱，企图把他们的伙伴劫夺回去。

庚辰拿了一把大戟去把山精水怪都驱赶走，怪物失了凭依，这才降伏。

禹见怪物降服，于是叫人拿大铁锁锁在他的颈脖上，鼻孔里又给穿上了金铃，把他镇压在如今江苏省盱眙（xū yí）县的龟山足下。禹的治水工作这才顺利地进行下去，淮水从此才平安地流入海中。

四十二　禹化熊开山

禹治理洪水，直到三十岁，还没有结婚，当他走到涂山（在今浙江绍兴县西北）的时候，他心里就想："我的年龄已经很大了，应该结婚了，一定有什么东西来启示我吧？"正在这样想的时候，忽然看到一只九条尾巴的白狐狸来到禹的面前，使禹想起当地的一首民间歌谣——

谁见了九条尾巴的白狐狸，
谁就可以做国王；
谁娶了涂山的女儿，
谁的家道就兴旺。

禹便决心娶一个涂山的女儿，来做他的妻子。

那时涂山的酋长有一个女儿，名叫女娇，态度文雅，仪容秀美，禹一见了她，就觉得很合心意。因为治水的工作忙迫，来不及向她略通款曲，禹又到南方巡视灾情去了。

女娇从别的地方知道了禹爱她的心意，对于这万人称颂的大英雄，自然而然也产生了爱慕。于是她就打发一个使女到涂山南面的山脚下去等候禹回来。哪知道一等禹也不回来，再等禹也不回来，等得女娇烦闷极了，便作了一首歌道——

等候人啊，多么的长久哟！

据说这就是南国最早的一首情歌。

终于巡视灾情的禹从南方回来了，女娇的使女在涂山南面迎接着禹，表达了她年轻的女主人对禹爱慕的衷肠，许多言辞，都正是禹想要让使女转达给女娇知道的。两个人彼此情投意合，他们就在台桑这地方结了婚。

结婚以后才四天，禹便离开了他新婚的妻，又到别的地方去治理洪水去了。女娇便被送到禹的都城安邑（yì，在今山西运城市盐湖区）去。她在那里生活过不惯，时常想念本国。禹知道了，便叫人在安邑城南替她筑了一座台，让她在寂寞无聊的时候，登上台去望望她的远在几千里以外的家乡。

后来她觉得既离开熟悉的家乡，又离开亲爱的丈夫，日子过得未免太凄苦了，当她丈夫偶然回家看看她的时候，她就坚决要求要同他在一道。禹没法，只得勉强答应了。

有一次治水到了轘（huàn）辕山（在今河南偃师县东南），这座山形势险峻，山路像车辕般的回还往复，所以叫作“轘辕”，得打通这座山，才能使水流通过。

禹向他的妻说：“这工作可不太容易呀，但也还是得努力干。我在这山崖上挂上一面鼓，听见鼓声你就给我送饭来吧。”

他的妻说：“好。”

禹等他的妻回去以后，一时想不出更好的办法，就摇身一变，化作一头毛茸茸的大黑熊，拼着自己的力气来凿山开路。禹正在那里用嘴拱呀，用四个爪子扒呀，忙得浑身带劲、尘飞土扬的时候，一个不当心，他那因为长年治水、略有点跛的后脚，带起了一块石头，“咚”的一声，不偏不歪，正打中崖边挂着的鼓上。接连又有两三个石块打中在鼓上。

禹的妻听见鼓声，就急急忙忙提了篮子把丈夫的午饭送来。

禹一点也没有留心到周围发生的一切，还在那里拼命地扒呀拱呀的，不料他的这副难看的熊的形躯，竟被他的妻涂山氏看见了，她万想不到自己的丈夫竟是一头熊，又是吃惊，又是惭愧，不由得大叫一声，丢了饭篮，赶快回身逃走。

禹听见妻子叫喊，这才停止了紧张的工作，也跟在她的后面追去，想向她解释解释误会。

大约禹在慌忙中忘记了变还原形，他的妻看见追赶来的还是一头熊，心里更是惊惶，脚下的步子也就更加跑得快。

他俩这样一逃一追，一直就跑到了嵩高山（即嵩山，在今河南登封市西北）的山脚下。禹的妻急得没法，也就摇身一变，化作了一块石头。

禹见妻子化作石头，不理他了，又急又气，便向石头大叫道：

“还我的儿子来！”

石头便向北方破裂开，生了一个儿子名叫“启”；“启”就是“裂开”的意思。

四十三　瑶姬帮助大禹治水

治水有功的禹，人们又称他为“大禹”。

有一次，大禹治理洪水，驻在巫山脚下，正领导着人们在那里紧张地施工：有的凿石头，有的砍大树，忙个不停。正忙碌间，猛然发了大风。这风真是暴烈无比，吹得天昏地暗，山崖震动，木石横飞，江浪像山峰一样地矗立起来。大禹虽然也有些神通本领，但是对于像这样突然发作起来的大风，还是想不出制止它的办法。

在这最困难的时刻，大禹幸而遇见了瑶姬。

瑶姬是炎帝的女儿，据说又是西王母的女儿。她从小在一个仙人那里学道，学就了一身玄妙的道法，能够随心所欲，变化出各种不同的东西，她因此在天上居于显要的神仙职位。

有一年秋天，她带着侍女和侍臣，从东海遨游回来，驾着彩云轻飘飘地到了长江的上游，打从巫山经过，忽然被巫山的景色迷住了：它的峰峦是多么的秀丽、挺拔呀！它的林壑又是多么的幽美呀！兼之在山林间又还发现一块巨大而平整的崖石，光景好像人工修造的土坛。这真是可以修真养性、长远居住的地方。她不禁从云端降落下来，站在山崖上，仔细观赏巫山的风景，留连徘徊，舍不得马上就离开。

就在这时，大禹无意中遇见了倦游归来、路过巫山的瑶姬，大禹知道她是天上的神女，便赶紧向她致敬，求她帮助止住大风。瑶姬哀怜受洪水灾害的人们，敬佩大禹治理洪水的精神，便毫不犹豫地答应了。她叫侍女传授给大禹驱神役鬼的法术。大禹使用了这些法术，马上便止住了狂暴的妖风。瑶姬又派遣侍臣狂章、虞余、黄魔、大翳（yì）、庚辰、童律去帮助大禹凿通巫山。这些天上的神人，神通很大，他们或用闪电轰，或拿巨雷劈，不久就将巫山打开一条孔道。大禹等神人们施过法力，就率领着人们做清除道路的工作，让洪水从巴蜀境内流出来，宣泄到大江里去。巴蜀地方受洪水灾害的人民，因而得到了拯救。治水工程到这里，算是暂告一个段落。

大禹感念瑶姬的功德，他亲自跑上山去向她道谢。远远看见她站在峰顶凝目微笑，稍稍往前几步一看，微笑的她，已经变成了一块兀立的石头。再看看石头，石头似乎又在动荡、膨胀，在变软、变轻，终于冉冉上升，飞腾天空，变作了一朵轻云。轻云飘呀飘的，又变作一只飞翔的白鹤。白鹤在天边兜了几个圈，忽而又变成一条夭矫回旋的游龙。游龙在天空中盘旋，身影愈来愈大，它的周身聚集了许多灰色的黑色的浓云。浓云渐渐布满天空，隐去了盘旋的龙，于是来了一阵潇潇的暮雨……

大禹对于她的这些变化，感到困惑不解：她为什么要这样变来变去？是不是有意在捉弄自己？她既然这么狡猾和怪诞，就不一定是真仙，或者是哪方的妖仙也未可知。但是她又真心诚意地帮助过大禹治理洪水，这的确又是正直的神仙的行为——却不知道她为什么要这样故弄玄虚？

怀着满腹疑团的大禹，只得把他心里的疑惑向瑶姬的侍臣童律请教。

童律诚恳地告诉大禹说：

“你看见她变这变那，觉得奇怪，其实并不奇怪。我们的瑶姬仙子，是神的女儿，会各种变化，所以才能够一会儿变人，一会儿变物，来帮助你治水，做出许多有利于世间的事来。”

“可是我到哪里去向她请教呢？”大禹如有所悟地问。

“要见到她，并不难，”童律用手一指，“你看——”

大禹顺着童律指点的方向一看，大山中忽然显现出云楼琼台，瑶宫玉阁，有狮子把关，天马带路，更有凶猛的龙和矫健的野兽，都威风凛凛地侍卫在殿阶的两旁。瑶姬，庄严而温蔼地微露出笑容，由侍女们簇拥着，端坐在瑶台上面。

大禹不自觉地来到了殿堂上，赶紧向瑶姬下拜，谢她帮助治水、派遣神人凿通巫山的恩德。瑶姬逊谢还未终了，大禹又向瑶姬请教今后继续治理洪水的方法。瑶姬便令侍女陵容华拿出一只红玉小箱，打开小箱，取出一卷天书交给大禹，叫大禹按照天书所载去平治洪水；还怕他一个人不能成功，又派遣侍臣庚辰、虞余去帮助他。

大禹既得到天书的指导，又得到神人的帮助，再加上人们的支援，因而他治理洪水，前后经过十三年，足迹走遍全中国，终于取得了成功。

神女瑶姬，因为留恋巫山的美景，并且由于帮助大禹治水，和当地人们也结下了深厚的感情，从此就在巫山留住下来，不再离开。

她天天站在高崖上凝目眺望，注视着往来于瞿（qú）塘峡、巫峡、西陵峡号称“三峡”的全长七百里的峡谷中的行船，见它们在许多险滩上挣扎，不时被凶涛恶浪吞没了去。她关心船只和旅客的命运，特地派遣几百神鸟，叫它们飞翔在峡谷的上空，担任迎船送船的工作，让这些行船跟随着神鸟的引导，平安地渡过三峡。

她因为长久地站在高崖眺望，不知不觉地，渐渐自己也化身为许多峰峦中的一座了，就是现在的神女峰；陪伴她的侍女们，一个个也都变化作了大大小小的峰峦，就是现在的巫山十二峰。这些峰峦真是秀美峭拔呀，至今行船过三峡的人，望见它们，还可以想象当年女仙们超尘绝俗的身影；特别是望见神女峰，谁都会油然感念瑶姬帮助大禹治水、凿通巫峡的业绩。

四十四　禹杀相柳和铸造九鼎

经过许多艰难和困苦，洪水终于给禹治理平息了。洪水虽平，但还有余患未尽。

原来被禹赶跑的共工，有一个臣子叫相（xiāng）柳的，是一个蛇身九头的怪物。这怪物最贪暴无餍（yàn），九个脑袋，须同时吃九座山上的动物和植物。而且最可恨的，无论什么地方给他一碰一喷，马上就会成为水泽。水泽里的水，带着又辣又苦的怪味道，人吃了会送命，飞禽走兽也不能在附近生活下去。

这一回共工奉了天帝之命，发下洪水来惩戒人们，相柳更是扬扬得意，趁着势头，助浪兴波。直到共工被禹赶走，洪水被禹平息，相柳还不甘心，还在那里继续作怪。

禹见相柳怙（hù）恶不悛（quān），再也不能容忍，就运用神力，杀死相柳，为民除害。从这九头巨怪的身体里，流出九股像瀑布一样的腥臭的血液来，气味难闻得很。血液流过的地方，五谷不生，污水漫延，带着又苦又辣的怪味道，简直不能住人。

禹看见这光景，只好用泥土来填塞这些地方，可是填塞了三次，这块土地都陷了下去。禹索性就将它开辟成一个池子，替各方的天帝在这里筑起几座台观，用来镇压妖魔。

洪水平息，大功告成，禹想要量一量大地的面积，便命他手下的两个天神太章和竖亥，一个从东极走到西极，共量得二亿三万三千五百里七十五步，一个从北极走到南极，量得的数目也是一样，一步不多，一步不少。在禹那时候，人们居住的大地竟是方方的，豆腐干似的一块。

禹平治了洪水，使人们安居乐业，过着幸福的日子。人们都感激他的功德，万国诸侯也都敬畏他，正好舜帝年老了，大家就拥戴他继承舜帝做了天子。

禹在位的时候，替人民做了很多有益的事，其中最值得称道的，是他收集了九州的地方官贡献来的铜，铸造了九个宝鼎。这些宝鼎又大又重，一个宝鼎也要成千上万的人才拉它得动。大半生精力都消耗在跋山涉水、劳碌奔波中的禹，见到的妖魔鬼怪当然不在少数，他是深切地知道旅行的艰难的，因此便在鼎上刻绘着九州万国毒虫害兽等生物和鬼神精怪的图像，使人们一见这鼎上的图像就知道预先防备，将来出远门旅行，走到山林水泽，就是遇到妖邪，也心里有数，知道怎样预防，不至于遭殃受害。这九个宝鼎后来就成了人们极有用的图画旅行指南。

人们感念宝鼎给他们的好处，由于是禹命人铸造的，就叫它们做“禹鼎”。只要一提起“禹鼎”，自然就会联想到它们的辨认奸邪的作用，因此，“禹鼎”后来便几乎成为辨奸的同义语了。

四十五　禹游历海外各国

禹为了平治洪水，曾经踏遍了九州的土地，到过当时世界上许多稀奇古怪的国家。这些国家为数很多，不下百十来个，要通通叙写出来，是困难的，只能择要介绍一些在下面。

南方海外的第一个国家，是结胸国。这国的人胸前的骨头都凸出一大块，好像男子的喉结。它的附近，是羽民国，一国的人都生有鸟的翅膀，能够飞，可是飞不多远，他们每天拿鸾鸟蛋来做食品。

再向东南走，就到了讙（huān）头国。讙头国又叫讙朱国，实际上应该叫丹朱国才对，因为他们都是丹朱的子孙后代。他们的状貌和羽民国的人差不多：也有鸟形的尖嘴和翅膀。

再向东走就到三苗国。三苗国又叫苗民国，由于反对尧把天下让给舜，曾经和丹朱的军队联合作战，后来兵败，随同丹朱的余众迁到南海，合组成为三苗国。这国的人相貌和普通人差不多，只是腋窝下长有一对不能飞行的小翅膀。

再东去就是贯胸国。贯胸国又叫穿胸国，每人胸前都有一个圆圆的大洞。

据说是因为禹治洪水，杀了防风氏。后来洪水平息，禹叫范成光驾了两条龙拉车载着他到海外各国去巡视，经过南海防风氏部族的所在地。防风氏的两个臣子对着禹射了一箭，只听得霹雳一声巨响，霎时间起狂风，打大雷，下大雨，两条龙载着禹向着高天奔腾而去。两个臣子吓得脸色发白，知道闯了大祸，便拿出短刀来在各自胸口上戳了一个大洞，倒地死去。禹哀怜他们忠义耿直，叫人拿了不死药的细末来涂在他们的创口上。后来他们都从死里复活过来，但胸口上留下的大洞却再也不能复原。他们的子孙就组成穿胸国。

再往东就是三首国，都是一条身子三个脑袋。

再往东是周饶国。周饶国又叫僬侥（jiāo yáo）国，就是矮人国、小人国，三尺长便算是高个子了，最小的只有几寸长。他们也穿衣服，戴帽子，斯斯文文。

耕田种地的时候，最怕白鹤来把他们一口吞吃掉。多亏附近的大秦国人——那些身高十丈的长汉子们常来帮助他们赶白鹤，才能平安地工作下去。

南方最后一个国家是长臂国。这国的人身子和普通人差不多，手臂却有三丈长。他们常在海边捕鱼，用他们的长臂把一些活泼鲜跳的鱼从海里捞出来。

南方海外的国家游历完了，禹从南海转到东海。

东方海外的国家，头一个是大人国，它和长臂国邻境。这国家的人，一个个都异常高大。这些大人，在母亲的肚子里孕育了三十六年才生下地，生下地头发就是白的，刚生下的婴儿就已经是魁梧奇伟的巨人，还没学走路就会腾云驾雾，他们原来是属于龙的族类，远古时候那个在东海钓鳌的龙伯国大人就是他们的先祖。

向北走就到了君子国。君子国的人衣服帽子都穿戴得整整齐齐，腰间悬挂着宝剑，使唤两匹斑斓大老虎做他们的仆人。大家都谦让有礼，从来没有争端。人人寿命都很长。

再向北走，经过水神天吴所住的朝阳之谷，就到了青丘国。青丘国的人吃五谷，穿丝帛。这国家出产一种狐狸，四只足，九条尾巴，到天下太平的时候，它就出现在世间，显示祥瑞。禹在涂山结婚之前遇到的九尾狐，据说就是出在这个国里。

再向北去就到黑齿国。黑齿国的人一个个牙齿漆黑，是帝俊的后代子孙。他们也吃饭，只是拿蛇当菜肴，经常有一条红蛇和一条青蛇躺在他们的身旁。

再向北去就是毛民国。毛民国的人脸上和身上都长着箭镞（zú）般的硬毛，形体短小，终年不穿衣服。

他们是天神绰人传下来的后代子孙，姓依。原来禹的曾孙修鞈（gé）把绰人杀了，禹哀怜他无辜被杀，便暗中使他复活转来，把他搬到这里，让他的子孙繁衍成为一个国家，就是这毛民国。

再向北去，便到了东方海外最后的一个国家：劳民国。这国家的人，手足面孔全是黑的，样子慌慌张张，走着、站着、躺着全不安定。一点事没有，却显得忙碌极了，所以才有人叫他们做“劳民”。大家都这么叫，渐渐地就成了这一国的称号。

游历完了东方海外的国家，从东海转到北海。

北方海外第一个国家，是跂踵（qí zhǒng）国。这国的人足关节长得和一般人不一样，走路时足跟够不到地面，只能用五个足趾头走，所以叫他们做“跂踵”。又说他们的足是反转生的，本来向南方走路，足迹看来却正向着北方，所以又叫他们做“反踵”。

再向西去就到了夸父国。夸父国的人就是那和太阳赛跑、因为口渴半路上死掉了的巨人夸父传下来的后代子孙，他们一个个身体都极高大，右手握着一条青蛇，左手握着一条黄蛇。国都东边是一片绿叶茂美、鲜果累累的桃林，叫作邓林，就是从前追赶太阳的夸父临死时抛下他手里的杖变化成的。

从夸父国往西就是聂耳国。“聂耳”又叫“儋（dān）耳”，一国的人都长着一对大而且长的耳朵，一直垂到肩膀下面，走路时须用两只手握住它们。有的说他们的耳朵大到在睡觉的时候可以拿一只来做褥子，一只来做被盖。他们是东海海神禺虢（yú xiāo）传下来的子孙后代，每人使唤两匹花斑大老虎做仆人。

再向西就到了无肠国。无肠国又叫无腹国，这国的人，身体都很高大，可是肚里却没有肠子，吃下的东西，一直通下去，没有经过消化，就排泄了出来。

再往西走就到了一目国。一目国的人只有一只眼睛，长在脸的中央，姓威，据说是少昊传下的子孙。

再向西走，就到了北方海外最后一个国家：无启国。无启国又叫无继国。“无继”，就是没有后嗣的意思。没有后嗣又怎么还能有国家呢？原来他们住在山洞里，生活简单，没有男女的区别，死了就埋在地下，心房跳动并不停止，过了一百二十年，又能复活，从泥土里爬出来重新生活。他们就像这样活了又死，死了又活，死一次好像睡一场大觉，其实是长生不死，所以虽然没有后嗣，国家却照常兴旺。

游历完了北方海外的国家，然后从北海转到西海。

西方海外的第一个国家，邻近着无启国的，是长股国。长股国又叫长脚国，一国的人脚都极长，有说长到三丈，又有说还看见长脚国的人背了长臂国的人到海边去捕鱼。据说后来的踩高跷，就是从长脚国人那里模仿来的。

朝南走就到了白民国。白民国人是帝俊的子孙后代，他们全身都是白的，连头上披的头发也是白的。国里出产一种走兽，叫“乘黄（chéng huáng）”，样子像狐狸，背上有两只角，跑起来飞也似的快，因此又叫“飞黄”。后来人们所说的“飞黄腾达”这个成语，就是这么来的。若是有人骑了它，据说寿命可望活到两千岁。

白民国的南方，就是沃民国。这地方是一片肥沃丰饶的土地，鸾鸟在这里唱歌，凤凰在这里跳舞，各种各样的飞禽走兽都在这里和睦相处。遍野都是凤凰蛋，沃民国的人就吃这些凤凰蛋，又有从天上降下来的甘露，可以当作饮料。

再向南去就是穷山附近的轩辕国。这国的人个个都长寿，那短命死掉的，也有八百岁。他们都是黄帝的子孙，人的脸，蛇的身子，尾巴缠在头上，相貌长得和古代天神差不多。

再往南就是女子国。女子国里所有的人都是女子，没有一个是男人。快成年的少女，到黄池去洗洗澡，就会怀孕。若是生下男孩子，最多三岁便死掉，只有女孩子，才可望长大成人。

再朝南就到了丈夫国。这一国的人通是男子，没有一个女人。他们的衣服帽子都穿戴得整整齐齐，腰间还悬挂着宝剑，十足表现出男子的威武和礼貌。这一国为什么都是男子呢？原来在殷代，有一个国君叫太戊的，派遣王孟带着一群人到西王母那里去寻求不死药，经过这里，断绝了粮食，再也没法前进了，只好就住在这荒山老林里，采取树上的果实来当食物，剥下树皮来做衣服，于是自成一国，叫丈夫国。他们一辈子单身，却每人都能生两个儿子。两个儿子都从他们的形体中生出来，刚生出来时还只是影子，到影子凝成形体时，他们本人就死去了。

再往南走，经过几处地方，就到了奇肱（jī gōng）国，奇肱国也有说是奇股国。“奇肱”是只有一只手，“奇股”是只有一只脚，推想起来，或者说是“奇股”更要合理些。

据说这国的人擅长制造各种灵巧的机械来捕捉鸟兽，又能制造飞车。殷汤时候他们第一次试飞到豫州地方，飞车被毁坏了，十年以后东风吹来，豫州人才又照原样做了一架送给他们，让他们乘着飞车飞回去。又据说他们每人有三只眼睛，当然，这对于制造机械是很用得着的。他们又常骑一种叫作“吉良”的白色花斑马，这马有着红色的鬣（liè）毛，颈子像鸡的尾巴，眼睛像黄金，又叫“鸡斯之乘”，凡是骑了它的，寿命可望活到一千岁。

再向南去，就是一臂国。这国的人，只有一只手臂，一只眼睛，并且连鼻孔也只有一个。他们实际上就是所谓的“半体人”，要两个半体人合起来才能够自由地行动。有的古书记叙的“比肩民”，就是这一种人。国里出产一种老虎斑纹的黄马，也只有半边身子，一只眼睛，一只前脚。

再朝南走，就到了三身国。三身国的人是帝俊的后代子孙，帝俊的妻子娥皇生了三身国的祖先，一国的人全是一个脑袋三条身子。

游历到这里，四方海外的国家就算是游完了。

出版后记

正如孩子会好奇地问“我从哪里来呀”一样，我们的先祖生活在一个陌生而强大的世界里，风雨雷电、日月星光，“万物是怎么回事？”可以说，神话是人类早期认识和解释世界的方式。作为一个具有深厚文化底蕴的国家，中国积淀了代代传承的神话传说。这些神话传说通过口耳相传或书面文字记载等不同的传承方式广泛而持久地流传着，且呈现碎片式分布，零零散散。

正如袁珂先生所说：“中国神话来源非常复杂，要想整理恢复其原貌，非经过一番艰辛的努力不可。有时为弄清一个事实，要从浩如烟海的古籍中查找，往往查得头晕眼花，但是，精卫衔西山木石，以堙东海；夸父追逐太阳，至死锲而不舍。我研究神话，就是明知其难而为之。”《中国神话传说》成书背后，是一位老者一生的孜孜以求和上下求索。

袁珂先生根据孩子们对传统文化的认识理解和把握程度，在《中国神话传说》完整版的基础上对内容作了删减，青少版文章质朴，语言无华却意味深长，一如长者俯首讲述，娓娓道来。开天辟地的盘古，抟土造人的女娲，尝遍百草的神农，微木填海的精卫……故事无不彰显中华文化的博大精深和中国古人的智慧。

神话学大师袁珂先生，谨将此书呈现给亲爱的少年读者，为孩子打开一窥神话传说原貌的大门。

服务热线：133-6631-2326 188-1142-1266

服务信箱：reader@hinabook.com

浪花朵朵

2017 年 12 月

图书在版编目（CIP）数据

中国神话故事：青少版 / 袁珂编著. -- 北京：北京联合出版公司, 2017.10（2025.10重印）

ISBN 978-7-5596-0869-7

Ⅰ. ①中… Ⅱ. ①袁… Ⅲ. ①神话—作品集—中国 Ⅳ. ① I 277.5

中国版本图书馆CIP数据核字(2017)第204704号

中国神话故事：青少版

编　　著：袁　珂
出 品 人：赵红仕
选题策划：北京浪花朵朵文化传播有限公司
出版统筹：吴兴元
责任编辑：李艳芬
特约编辑：陈业欣　方宣尹
封面设计：张　萌
营销推广：ONEBOOK
装帧制造：墨白空间

北京联合出版公司出版
（北京市西城区德外大街83号楼9层　100088）
天津中印联印务有限公司印刷　新华书店经销
字数97 千字　889 毫米 × 1194 毫米　1/32　6.5 印张
2017年10月第1版　2025年10月第9次印刷
ISBN 978-7-5596-0869-7
定价：35.00 元

后浪出版咨询(北京)有限责任公司